U0897335

肖复兴散文

肖复兴 著

北京联合出版公司
Beijing United Publishing Co.,Ltd.

图书在版编目（CIP）数据

肖复兴散文 / 肖复兴著 . -- 北京 : 北京联合出版公司 , 2020.2（2024.2 重印）
ISBN 978-7-5596-3939-4

Ⅰ . ①肖… Ⅱ . ①肖… Ⅲ . ①散文集—中国—当代 Ⅳ . ① I267

中国版本图书馆 CIP 数据核字（2019）第 302160 号

肖复兴散文
作　　者：肖复兴
出 品 人：赵红仕
策　　划：万红雪
责任编辑：李　红　徐　樟
版式设计：李晓壮
责任编审：赵　娜

北京联合出版公司出版
（北京市西城区德外大街 83 号楼 9 层 100088）
北京华景时代文化传媒有限公司发行
北京中科印刷有限公司印刷　　新华书店经销
字数 163 千字　　880 毫米 ×1230 毫米　　1/32　　8.75 印张
2020 年 2 月第 1 版　　2024 年 2 月第 6 次印刷
ISBN：978-7-5596-3939-4
定价：45.00 元

世界不再只是一间好看的玻璃房。

羊羔尚知跪乳以谢母恩，更何况人呢！

一个地方，之所以让你怀念，
不仅仅是那个地方让你难忘，
更是有人让你难忘。

从冷漠到不信任到警惕，再到恨，有时只有一步之遥。

尽管我们的老院已经拆干净了，但老朋友还在。

北大荒对于我，既属于荒原，也属于乡土。

人生的滋味真正品味到了，

是我们以全部青春作为代价。

世界是美丽非凡的，因为它和我们内心世界相呼应。

自序

如今的散文，越来越受到人们的喜爱和重视。这是应有之义，是文学发展与时代发展交织而成的一种必然。

散文是一种古老的文体，在我国的文学传统中，小说、戏剧一直被认为是“小道”，而集部的诗和文才是文学的主要表现形式，或者说是文学的“正宗”。

不知从何时起，散文写作中出现了“抒情散文”一说，并曾大行其道。其实，在我国的文学传统中，散文写作一直是以叙事为主的，所谓抒情散文难见其影。如果真的有抒情，也只会蕴含在叙事之中，如萧红的散文；或在叙事之中含有人生哲思，如孙犁的散文；或在叙事之中浸透生活情趣，如汪曾祺的散文。这三位作家，都是我喜爱的。

我的散文是以叙事为主的。我渴望能够将上述三位作家的风格与品质相互渗透，融为一体。因此，在这本散文集的四辑里，无论是写亲情，还是写友情，或是写恋食，或是写远方，都是在司空见惯的叙事中，关于庸常生活琐事或绵长回忆的一些拾穗小札。

能够在平常素朴的叙事中将这些琐碎的人与事、景与物娓娓道来，一一写好，串联成珠，化蛹为蝶，并不容易。郁达夫在论述20世纪二三十年代的散文创作时曾说："原来小品文字之所以可爱的地方，就在它的细、清、真三点。细密的描写，若不慎加选择，巨细兼收，则清字就谈不上了。"

我重视郁达夫所强调的散文写作的"细、清、真"这三点，并希冀自己能够做到这三点，起码应该向着这三个方向努力，所谓虽不能至，心向往之。

真，不用说了。真情实感，应该是一切文学写作之要义。但是，对于与小说等虚构文体相对应的散文而言，真，这一点更具有和现实别样的密切关系。真，便不只在于面对真切逼真的生活，还在于面对自己的内心。

细，郁达夫说得很明确，细不是巨细兼收，不是絮絮叨叨，不是老太太的裹脚布越写越长。细，便涉及文章的剪裁，乃至构思的角度。细，便不只是对生活的透视和态度，更是对艺术把控的能力。

郁达夫是把清放在第二位的，他没有具体解释如何才能做到"清"。清，便最难以做到。在我的理解中，我国传统散文一向讲究含蓄，讲究余味。那是一幅月朦胧、鸟朦胧的画面，似乎和清并不是一回事。清，应该指向文字和文气以及心地。以前读冰心的《往事》，记得有一句是“心滤就得如水晶般的清澈透明”，想那应该就是清的最好写照了。如果说含蓄是散文讲究的味道，那么清则是散文讲究的境界了。

能写好散文的人，心一定不会如乱麻那么复杂，也一定不会如蜂巢那么千疮百孔。能写好散文的人，一定都是善良的人，前面说的萧红、孙犁、汪曾祺，都是写一手漂亮散文的人，都是这样善良的人。

“著墨无声，墨沉烟起。”这是张岱《陶庵梦忆》里的一句话。这应该也是散文写作的一种境界，或者说是郁达夫所说的“细、清、真”一种写意吧。我希望读者能够在读完这本散文集后，多少感受到这种境界的一丝丝气息，如果我做的还远远不够好，那么就让我再做努力。

感谢北京华景时代文化传媒有限公司编辑出版了这本《肖复兴散文》。他们很认真，反复推敲，仔细编排，经历了漫长的过程，才得以付梓刊印。希望不辜负读者，希望读者能够喜欢，也期待着读者的批评。

2019年岁末写于北京

目录

第二辑

我的父亲母亲

第三辑

恋食记

第四辑

明信片与远方

第一辑

平凡而伟大

伟大的灵魂，常寓于平凡的躯体。我们都是平凡的人，生命在闪耀中现出绚烂，在平凡中现出真实。把现在正做的事做好，就对永恒有了交代。

温暖的劈柴

那一年，父亲病故，我从北大荒回到北京，还不到30岁，也还没有结婚。那时候，我没有意识到母亲已经老了。那时候，我还年轻，心像长了草，总觉得家里狭窄憋屈，一有空就老想往外跑，好像外面的世界真的很精彩，可以让自己散心，也能够让自己成材，便常常毫不犹豫地把母亲一个人孤零零地留在家里。母亲从来不说什么，由着我的性子，没笼头的马驹子似的到处散逛，在她的眼里，孩子的事，甭管什么事，总是大的。

都说年轻时不懂得爱情，其实，年轻时最不懂得的是父母。

那时候，我在一所中学里当老师，有一次，放寒假了，我没有想到有时间了，可以在家里多陪陪已经老迈的母亲，相反觉得好不容易放假了，就像放出了笼子的鸟，还不可劲儿地飞？便利用假期和伙伴们到河北兴隆的山区玩了一个多星期。

回来的那天，到家已经是晚上了。推门进屋，屋里黑洞洞的，没亮灯。正纳闷儿，听见一个老爷子的声音："是复兴回来了吧？”然后看见火柴“噌噌”响了好几声，大概是返潮，终于一闪一闪的，点亮了炉膛里的劈柴。正是冬天，我才感到屋里一股冷飕飕的寒气。

说话的是邻居赵大爷，年龄比我母亲还要大几岁，身板很结实。我摸到开关，打开了电灯，才看见母亲蜷缩在床上的被子里。赵大爷对我说：“你妈两天没出门了，我担心她一人在家别出什么事，进你家一看，老太太感冒躺在床上起不来了，炉子也灭了，这么冷的天，人哪儿受得了呀？这不赶紧找劈柴生火，连灯都没顾得上开。”

炉火很快就生着了，火苗噌噌地往上蹿，屋子里暖和了起来，被子里的母亲也稍稍舒展了腰身。赵大爷一身的灰和劈柴渣儿，母亲对我说多亏了你赵大爷。我连忙谢他，他说街里街坊的，谢什么呀，快给你妈做饭吧。母亲连连摆手，说嘴里一点儿味儿没有，不想吃，让我先坐壶开水。我往水壶里灌好水，坐在炉子上，回过头看了一眼瘦弱的母亲，心里充满愧疚。

赵大爷出门前，回头对我说：“你要不先到我家拿点儿劈柴去，你家的劈柴没有了，我刚才找了半天，才找出一点儿，刚刚够点着火炉子，省得明天火又灭了，你没的使。”

我跟着他走到他家，他抱来满满一抱劈柴放到我的怀里，送我走出他家院门的时候，对我说了一句话，如今30多年过去了，我还清晰地记得。他说：“复兴呀，原来孔圣人说，父母在，不远游。现在别说是你们年轻人了，就是搁谁也做不到，但改一个字，父母老，不远游，还是应该能做到的。”

那天的晚上，没有星星，天很黑，很冷。走在回家的路上，耳边老响着赵大爷的这句话。心里很惭愧，怀里的劈柴很沉，但很暖。

1988年于北京

阳光的三种用法

童年的我住在大院里，周围都是引车卖浆者之流，生活不大富裕，日子各有各的过法。

冬天，屋子里冷，特别是晚上睡觉的时候，被窝里冰凉如铁，家里那时连个热水袋都没有。母亲有主意，中午的时候，她把被子抱到院子里，晾到太阳底下。其实，这样的法子很古老，几乎各家都会这样做。有意思的是，母亲把被子从绳子上取下来，抱回屋里，赶紧就把被子叠好，铺成被窝状，留着晚上睡觉时我好钻进去，被子里就是暖乎乎的了，连被套里的棉花味道都烤了出来，很香。母亲对我说："我这是把老阳儿叠起来了。"母亲一直用老家话，把太阳叫老阳儿。"阳儿"读成"爷儿"音。

从母亲那里，我总能够听到好多新词儿。把老阳儿叠起来，就让我觉得新鲜。太阳也可以如卷尺或纸或布一样，能够折叠自如吗？在母亲那里，可以。阳光便能够从中午最热烈的时候，一直储存到晚上我钻进被窝里，温暖的气息和味道，让我感觉到阳光的另一种形态，如同母亲大手的抚摸，比热水袋温暖许多。

街坊毕大妈，靠摆烟摊养活一家老小。她家门口有一口半人多高的大水缸。冬天用它来储存大白菜，夏天到来的时候，每天中午，她都要接满一缸自来水，骄阳似火，毒辣辣地照到下午，晒得缸里的水都有些烫手了。水能够溶解糖，溶解盐，水还能够溶解阳光，这大概是童年的时候我最大的发现了。溶解糖的水变甜，溶解盐的水变咸，溶解了阳光的水变暖，变得犹如母亲温暖的怀抱。

毕大妈的孩子多，黄昏，她家的孩子放学了，毕大妈把孩子们都叫过来，一个个排队洗澡。毕大妈用盆舀的就是缸里的水，正温乎，孩子们连玩带洗，大呼小叫，噼里啪啦的，溅起一盆的水花，个个演出一场“哪吒闹海”。那时候，各家都没有现在普及的热水器，洗澡一般都是用火烧热水，像毕大妈这样法子洗澡，在我们大院是独 份。母亲对我说：“看人家毕大妈，把老阳儿煮在水里面了！”

我得佩服母亲用词儿的准确和生动，一个“煮”字，让太阳成了我们居家过日子必备的一种物件，柴米油盐酱醋茶，这开门七件事之后，还得加上一件，即母亲说的老阳儿。

真的，谁家都离不开柴米油盐酱醋茶，但是，谁家又离得开老阳儿呢？虽说如同清风朗月不用一文钱一样，老阳儿也不用花一分钱，对所有人都大方而且一视同仁，而柴米油盐酱醋茶却样样都得花钱买才行。但是，如母亲和毕大妈这样将阳光派上如此用场的人，也不多。它们需要一点儿智慧和温暖的心，更需要在艰苦日子里磨炼出的一点儿本事，这叫作少花钱能办事，不花钱也能办事，阳光才能够成了居家过日子的一把好手，陪伴着母亲和毕大妈一起，让那些庸常而艰辛的琐碎日子变得有滋有味。

对于阳光，大人有大人的用法，我们小孩子也有小孩子的用法。我家的邻居唐伯伯是位工程师，他家有个孩子，比我大两岁，很聪明，就是喜欢招猫逗狗，总爱别出心裁玩花活儿。有一次，那个孩子拿出他爸爸用的一个放大镜，招呼我过去看。我在学校里看见过放大镜，不知他拿它玩什么新花样。我走了过去，他在放大镜底下放一张白纸，用放大镜对着太阳，不一会儿，纸一点点变热，变焦，最后居然烧着了起来，腾地蹿起了火苗，旋风一般把整张白纸烧成灰烬。

又有一次，他拿着放大镜，撅着屁股，蹲在地上，对准一只蚂蚁，追着蚂蚁跑，一直等到太阳透过放大镜把那只蚂蚁照晕，爬不动，最后烧死为止。母亲看见了这一幕，回家对我说："老唐家这孩子心这么狠，小蚂蚁招他惹他了，这不是拿老阳儿当成火了吗？你以后少和他玩儿！"

有一部电影叫作《女人比男人更凶残》，有时候，小孩比大人更心狠，小孩子家并不都是天真可爱。

2008年6月于北京

表叔和阿婆

北京前门一带多会馆，多是清朝末年各地进京赶考的秀才集资修建的。事过经年，几番历史风雨剥蚀，当年书店墨香早已荡然无存，如今各类小房如雨后春笋丛生，成为名副其实的大杂院。

粤东会馆便是其中一座，表叔家便是这座大院里的一家。至于为什么唤他表叔，我们大院里的人，谁也说不出个子丑寅卯。几十年来，大院无论男女老少都这样唤他。这称谓透着亲切，也杂糅着难以言说的人生况味。

表叔以洁癖闻名全院。下班回家，两件大事：一是擦车，二是擦身。无论冬夏雨雪，雷打不动。擦车与众不同，他要把他那辆自行车调个过儿，车把冲地，两个轮子朝上，活像对付一个双腿朝天不住踢腾的调皮孩子。他更像给孩子洗澡一样认真而仔细，湿布、棉纱、毛巾，轮番招呼，直擦得那车锃亮，能照见人影儿，方才罢手。然后，再去擦身。他从不挂窗帘，永远赤着脊梁，湿毛巾、干毛巾，一通上下左右、斜刺横弋地擦，直擦得身上泛红发热，方解心头之恨一般，心满意足将一盆水倒出屋，从擦车到擦身一系列动作才算完成，绝对是浑然一体、一气呵成，成为大院久演不衰的保留节目。

近50岁的表叔至今独身未娶，这很让全院人为他鸣不平。他人缘儿很好，是一家无线电厂的工程师，院里街坊谁家收音机、电视机出了毛病，都是他出马，手到擒来，不费吹灰之力。偏偏人好命不济，从年轻时就开始走马灯一样相对象，竟然天上瓢泼大雨，也未有一滴雨点儿落在他的头顶。究其原委，表叔有个缺陷：说话“大舌头”，那说话声儿有些含混。姑娘一听这声音，便皱起眉头，觉得这声音太刺激耳朵，更妨碍交流。

表叔还有个包袱，实际上是他谈对象始终未成的最大障碍，便是阿婆。院里人都管表叔的老妈妈叫阿婆，这缘由很清楚，老太太是广东人，阿婆是广东人的叫法。自打表叔一家搬进大院，阿婆便是瘫在床上的，吃喝拉撒睡，均无法自理。有的姑娘容忍了表叔的舌头，一见阿婆立刻退避三舍，甚至说点儿不凉不酸或绝情的话。

久经沧海，表叔心静自然凉，觉得天上星星虽多，却没有一颗是为自己亮的，而自己要做一轮太阳，永远照耀着母亲。他能够理解并原谅姑娘拒绝自己的爱，包括对自己舌头的鄙夷，却绝不理解、更难原谅她们对自己母亲的亵渎。虽然，老人瘫在床上，但她这一辈子全是为儿子呀！羊羔尚知跪乳以谢母恩，更何况人呢！

街里街坊都庆幸阿婆有福，虽没得到梦寐以求的儿媳妇，但至少有这么个孝顺的儿子。阿婆总觉得自己拖累了儿子，常念叨：“都是我这么一个瘫老太婆呀，害得你讨不到老婆！”表叔总这样劝阿婆：“我就是没有老婆也不能没有您。您想想，没有您，能有我吗？”表叔粗粗的、混沌的声音，一般人听不大清楚，但阿婆听得真真儿的。在阿婆听来，那就是天籁之音。

阿婆故去时，表叔已经50多岁了，他照样没有找到对象，照样每天雷打不动地擦车、擦身，只是那车再如何精心保养也已见旧。表叔赤裸的脊梁更见薄见瘦，骨架如车轮上的车条一样历历可数。好心的街坊觉得表叔这么好，说什么也得帮他找上对象。

只是，表叔的青春已经随阿婆逝去而逝，难再追回。他不抱奢望，觉得爱情不过是小说和电视里的事，离他越来越遥远，只能说说、听听而已。但是，好心的街坊们锲而不舍，何况10个女人9个爱做媒，且好女人毕竟不只是小说和电视里才有。女人的心最是莫测幽深，有眼眶子浅的，有重财轻貌的，有看文凭像当年看出身一样的……也有看重心地超越一切的。几年努力，街坊们没有白辛苦，终于有一位40多岁的女人看中了表叔。

表叔却坚决拒绝。起初，谁也猜不透，有说表叔是两分钱的小葱——要拿一把了，也有说一准儿是女人伤透了表叔的心。一直到去年，表叔突然魂归九泉，追寻阿婆而去，人们才明白，表叔那时已经知道自己身患癌症。

表叔留下许多东西无人继承，其中最醒目的是那辆自行车，干干净净，铿光瓦亮。

1993年春于北京

白菊花　黄菊花

在我们的大院里，尽管玉生比我小11岁，却是我的朋友，尤其是我父亲那年突然病逝，我从北大荒困退回北京，一时待业在家，没有事情干，他常来我家找我玩。那时候，他也就十五六岁，初中还没毕业，因为他小学时蹲班一年。他学习成绩比较差，嘴有点儿笨，不怎么会表达。怕我寂寞，他送我一本他从小攒的糖纸，花花绿绿的，夹在一本书中，这么多漂亮的糖纸，得从多少糖果上剥下，积攒起来呀。他父亲是一家工厂的八级木工，手艺好，工资高，手头大方，尤其是对他家唯一的儿子玉生，从小就喜欢，对他比较娇惯，所以，他要什么都会给他买。他的这本糖纸，我老早就见过，那时，我们都还是孩子，在我们大院里，这本糖纸是他常常向人显摆的骄傲。没有想到，他把这本糖纸送给我，我挺感谢他的，对他印象很深。

玉生属狗，今年应该56岁了。我们有好多年没有见面了。他家从我们大院里搬出来得早，是我们大院里最早搬进楼房里住的，那时候很让我们大院里的人羡慕。不过，他结婚以后，我们各自奔波，来往就越来越少，没有想到再次知道他的消息，是听说他的老父亲前些天刚去世。

那是我们大院里一位老街坊告诉我的。他和玉生是发小，小学和中学都在一个班，尽管这些年和玉生一家来往也不是很多，但对玉生家的情况知道得不少。我和他一细聊，原来玉生父亲的丧事，都是他帮助料理的。我就仔细听他向我讲述玉生的情况。好多事情，如果不是他说，我还真的一点儿都不知道。

那天，他下楼送走“大了”，又仔细看了看楼门对面用帆布扎起的一座临时大棚，棚子里挤满了亲朋好友和单位送来的花圈和花篮。然后，他走到楼门口，看了看门两旁八字形摆的两排花篮，黄白两色菊花交错着，都是鲜花，虽然已经摆在这里两天了，没有一点凋败的样子，依然显得很鲜艳，白的像雪，黄的如金。菊花沿着门前的台阶，向上簇拥着门右侧贴着的一张门报，白纸黑字，上面写着“申家丧事，恕报不周”8个字。一般这种丧事的门报，现在都是电脑打印的，但玉生家的却是用毛笔手写，柳体楷书，很是醒目。这一切都是“大了”一手经办的，办得很是仔细、周到。

已经很多年了，不知道我们这座城市其他地方怎么样，我们这一代，各家办丧事的时候，都要找一位“大了”。“大了”，这个词儿是从天津传来的，就是说，从头到尾帮助你把丧事料理完毕，包括最后葬礼的司仪主持，一条龙服务。“大了”的“了”，就是了结一切的意思。这已经成为一种收入不菲的新型职业。没有想到，朋友托人给玉生介绍的“大了”，竟是玉生的发小，虽然多年未见，却彼此一眼认出了对方。

父亲死得有些突然，在家里上厕所的时候，玉生回身接了一个电话的工夫，老爷子摔了一个跟头，就再也没有起来。不过，80多岁的老爷子，算是喜丧。只是，玉生刚从外地回到这座城市不到3个月，一切都陌生，唯一的姐姐什么事情都不怎么上前，很多事情真的不知道从哪儿下笊篱，常让他按下葫芦起了瓢。多亏了这位老同学“大了”，帮了他不少忙，要不真让他有些麻爪儿。

玉生上楼的时候，没有注意有一位和他年龄相仿的女士，相跟着一起上了楼。当他听到身后高跟鞋踩着楼板笃笃的脚步声，以为是住在这楼里的邻居，因为刚住进来不久，他认识的人不多。等他爬上顶层5楼自家门口的时候，发现这位女士也站在了家门口，他不禁回头望了望她，两人面面相觑。

玉生的姐姐开的房门，一眼看见了这位女士，叫了声：申姐。其实，这位和自己一个姓的申姐，并没有姐姐大，“姐姐”的这个称呼，透着亲热，还透着一种迎合，甚至有些讨好的意思，这让玉生有些奇怪，姐姐还从来没有用这样的语气和自己说过话呢。

进了屋，姐姐继续刚才的热情，赶忙搬过来一把椅子让座，又忙着沏茶倒水。这位申姐没有坐，沉着脸，环视了一下客厅。客厅已经成为灵堂，由于背阴，又摆满了花圈和花篮，客厅的光线显得很暗，逆光中，这位申姐的身影乌云一样很沉重地压了下来。最后，她的目光落在客厅正面五斗橱上老爷子的遗像上，这是玉生找的父亲前些年办理身份证时照的一张相片放大的，那时候，父亲还没有瘫痪，眼眉和嘴角都还有笑意，很慈祥的样子，也没有年轻时抡着扫帚把一把打在自己后脊梁的凶狠劲儿。玉生感觉到她的目光转到父亲遗像前的时候，停了一下，和父亲的目光对视了一下，但玉生不知道她那一刻心里想的是什么。

然后，玉生看见她转过阴沉沉的脸，对姐姐说了句："你别忙乎了，我就问你一句话，当初你找我租房的时候，说是就你兄弟一个人住，可没说还有一位老爷子吧？"

玉生明白了，是房东。

3个月前，他回到这座城市，是姐姐帮助他租的这套房子。当时，他刚刚离了婚，又在早几年办理了提前退休手续。当初，结婚的时候，父母和姐姐都不同意他的这桩婚事。他是在一次旅游中认识前妻的，一下子就跟鬼迷心窍一样，非她不娶，别人说破了大天都白搭，最后，他死活还是跟着前妻跑到外地，为此和父母闹翻，一直断了来往。年轻时不懂事，都是娶了媳妇忘了娘的白眼狼。如今刚回来，自己像丧家狗一条，老爷子和姐姐能够接纳，不计前嫌，就算够不错的了。眼前的困难，就是没房住，找一个各方面都合适的房子，比找对象还难。这套房子租得很痛快，租金比别的房子还便宜，他心里挺感激姐姐的帮助，觉得灰还是比土热，姐姐到底是姐姐。没想到，姐姐的热心是有目的的，她对玉生提了一个要求，得把老爷子接到他那里住。母亲去世后，老爷子已经脑出血瘫痪了好几年，一直都是跟着姐姐过，除了往家里寄点钱，自己都没有尽孝。他没打嗑，一口答应了姐姐的要求。

他不知道，租房的时候，姐姐没跟人家房东说自己弟弟要和老爷子一起住的事。在这座城市住的时间那么久，姐姐比他懂租房的行情，哪家房东也不愿意找一位风烛残年的老人住，都怕万一死在自己家的房子里。姐姐心里明镜似的清楚，老爷子的病已经越来越重，前不久犯了一次病，送到医院抢救，命是救过来了，可病更重了，连话都不能说出囫囵个儿来了。医生当时就说了，再有一点闪失，可就回天无力了。她太清楚了，老爷子今天能脱鞋上炕，不知哪一天就下不来炕，穿不上鞋。别说自己的孙子今年夏天就要高考，她希望家里给孙子清静一点的环境，即使没有高考这档子事，她也不愿意老爷子死在自己的家里，让家里变得乱糟糟的，散不掉的烧纸、香灰和来苏水味儿。这么多年都是自己一人搭钱又受苦受累地伺候着老爷子，玉生回来了，不该把老爷子接过去，让自己喘口气吗？

连续两天了，申姐都接到了好几位老街坊的电话，关心地问她家老爷子丧事的情况，这让她很奇怪，自己的老爷子活得好好的，怎么突如其来地有了这样的事？她以为是人家弄错了，或者是谁有意在编派她。可人家说你家楼门口明明贴着门报，上面写着“申家丧事，恕报不周”呀。她今天过来一看，还真的是这样，心里充塞着晦气，怒气冲冲地上了楼。

“当初要不是你指天发誓说就你老兄弟一个人住，又说你老兄弟刚从外地回来，一个人怎么怎么困难，我不会那么便宜就租给了你的。你说现在人死在我家的房子里，不吉利不说，以后我还怎么往外租？”申姐根本不理玉生，指着姐姐的鼻子兴师问罪。姐姐忙着解释，却一百张嘴也解释不清，当初租房的时候，她心里揣着小九九，家丑怎可外扬，怎么好意思对人家说？

“退一万步讲，老爷子死了，至少你得跟我打个招呼吧。现在可好，你家门报一贴，申家丧事，弄得好多老街坊都以为我家老爷子死了，你说我的气是不是不打一处来？”申姐还在雨打芭蕉一般气冲冲地数落着姐姐，姐姐像一个犯错误的小狗耷拉着脑袋，抬不起来。玉生本来嘴就笨，这节骨眼儿上，更不知道该说什么好。

“你别不说话啊，这事怎么办吧？当初咱们的合同上，可是明明白白写着只限一个人住的吧？要不我也不会那么痛快就租给了你！”申姐从背包里掏出合同，抖动着，合同纸页像受惊的鸟抖动着翅膀。

玉生憋红了脸，说了句：“要不房租多付点儿，算给您的补偿？”

申姐立刻打断他：“我可不是图那仨瓜俩枣，不吉利，你懂吗？这不是咒我家老爷子吗？”

玉生哑口无言了。

申姐继续说：“只有一个法子，你们立马搬家，小孩拉屉屉——挪挪窝儿，丧事爱到哪儿办就到哪儿办去。”

“这怎么行呀？”姐姐急不择言，只说出这么一句来。今晚上就要给老人“送路”了，后天就送火葬场火化，亲朋好友都知道到这里来治丧。再说，现在上哪儿找房子搬家去呀？一下子，房间的空气紧张得让玉生有些窒息，只有遗像上的老爷子还在抿着嘴微微笑着。

这时候，门敲响了，玉生转身开门，是“大了”。他不知道房间里刚才发生的事情，进门就对玉生说：“我走在半路上忽然想到，你这屋里缺个金山银山，得摆在老爷子遗像两边，等火化那一天，搬到火葬场一起火化，为的是让老爷子到了阴间有钱花。当然，这事你可以交给我办，但是我想你还是自己去买好，比我这里便宜好多。咱们是老同学，我不想让你多花冤枉钱。”

玉生不知如今的丧事有这么多的讲究，他又不敢说是迷信，约定俗成，丧事人家怎么办，我就怎么办。已经多年没有为父亲尽孝，不能让姐姐，也不能让街坊四邻笑话和小瞧了自己。这是玉生办丧事的原则，他已经把带来的积蓄都拿了出来。只是，他不知道这金山银山指的什么，又上哪儿能够买到。

“大了”告诉他：“你买一盆白菊花，一盆黄菊花，就代表金山银山了。”刚听这话，玉生觉得有些搞笑，白菊花、黄菊花，就代表金山银山了，阴间的事，也太简单了，要是能照搬到阳间来就好了。

“大了”一眼看穿了他心里的一闪念，对他说：“你可别以为都是迷信，这是民俗，多少年来形成的民俗，咱们还是要尊重点儿的好。你说呢？”

说完，“大了”转身告辞了。

“大了”的到来，让房间里紧张的氛围缓解了下来。光说金山和银山的事情了，把申姐晾在一边，她的气也泄了下来，失去了重拾起来的劲儿了。她对姐姐说了句：“你们赶紧想法子，我晚上再来，等你回话。”说完，转身就走，身子碰在姐姐给她搬的椅子上，带倒了椅子，她也没管，紧跟在“大了”的后面，一起出了客厅，“砰”的一声，使劲儿甩上了房门。

晚上，要给老爷子“送路”，就是全家老少在“大了”的带领下，沿着家的周围走一圈，沿途烧点儿纸，算是给老爷子招魂，让老爷子的魂认认自己的家门，以后可找到家，看看自己的孩子，保佑自己的孩子。“送路”完了，“大了”走了，姐姐带着她一家子也走了，申姐还没有来。

玉生一晚上都忐忑不安，躺在床上，一直也没有睡安稳，害怕申姐来了，自己一个人，嘴笨心笨的，该怎么对付？上哪儿去找房子搬家？刚给老爷子“送路”，老爷子刚认的是这个家，搬走了，老爷子该怎么回家？自己这大半辈子，为感情所困，抛开了父母，抛开了家，好不容易现在回来了，有了自己的家，再像乱蓬一样漂泊不定吗？他不想去挑姐姐的毛病，毕竟以前都是姐姐照料老爷子，现在自己回来了，就应该把最后的尽孝承担下来。虽然自己和老爷子只住了不到3个月，但这3个月是和老爷子天天厮守在一起的呀。

躺在这张双人床上，玉生来回折饼似的倒翻个儿。想想这3个月来，自己和父亲睡在这张床上，别看这3个月时间短，却是自己这大半辈子和老爷子这么亲近地待在一起最长的日子了。夜里，父亲咳嗽，起夜，或者喝水，吃药，都是自己起来服侍，看着父亲的苍老，他想起了自己小时候，那时候，父亲是多么年轻，人一晃就老了。父亲在的时候，半夜睡不着，望望身边风箱一样喘着粗气的父亲，玉生常常会睁大眼睛，望着天花板，心里对自己说，甭管怎么样，这里就是自己和老爷子的家呀！现在，父亲不在了，他望着天花板，还是这样对自己说。

一夜，申姐都没有来。第二天，玉生的心紧攥着，只要有敲门声就紧张，生怕一开门见到的是申姐，那可怎么办？人家申姐说的没什么错，这事情倒过个儿，摊在自己的头上，自己也会不高兴，生气，觉得不吉利，怪晦气的。自己的亲姐姐都不愿意把丧事放在自己家那儿办，更何况人家？人家只是房东，不是你的亲朋好友，甚至连“大了”这样的老同学都不是。越是这么想，玉生心里越害怕。

晚饭过后不久，门敲响了。姐姐也在，玉生装作上厕所没听见敲门声，他不想自己去开门，怕见到申姐。姐姐开的门，来的人是“大了”，一手抱着一盆菊花，一盆白的，一盆黄的。姐姐和玉生都不住拍自己的脑门儿，竟然把“大了”嘱咐的金山银山的事情忘得一干二净。这一整天，申姐就像魔影一样步步紧随，脑子里光想着申姐了。不知道姐姐这一刻怎么想的，玉生心里挺不是滋味，心就像一个房间，被一样东西占据了，另一样东西就会被挤掉。都说为老爷子最后尽孝的事重要，但还是没有比担心申姐的事重要，而这个担心，不是为老爷子，是为自己。

玉生赶紧上前，从“大了”的手中接过两盆菊花。抱着两盆花，从1楼爬到5楼，够累的。“谢谢，谢谢。”玉生连忙向“大了”道谢，这花到底还是让你帮忙给买了。

“大了”帮助玉生在老爷子遗像前把菊花摆好，对玉生说：“你别谢我，这花可不是我给你买的，我可不能掠人之美。”

玉生和姐姐听了，都瞪大了眼睛。明天一清早，就要从医院的太平间把老爷子的遗体拉到火葬场，这几天，亲朋好友、单位公家的人，该送的花圈和花篮，甚至白事的礼金和抚恤金，都送到了。还会有谁再破费送这两盆象征金山银山的菊花来呢？谁会这么有心，知道自己和姐姐把这事给忘了，特意赶在晚上来雪中送炭呢？玉生和姐姐实在都想不出会是谁。

“大了”对他们说：“是房东送你们的。”

这让玉生和姐姐的眼睛瞪得更大了。猜到谁，也不会猜到是房东申姐呀！这究竟是怎么回事？她不是要赶我们赶紧搬家吗？怎么想起来送我们菊花呢？玉生和姐姐真的有点儿一头雾水。

“大了”告诉他们，昨天和申姐一起下楼，他问清了事情的来龙去脉，是他向申姐说了玉生这些年的生活经历：“离开家

20多年，现在算不上逆子回家，但也实在算不上游子还乡，对老爷子的愧疚，是可想而知的，想为老爷子最后尽孝也是应当应分的事情。他不是诚心想瞒您，他不想多伺候老爷子几天表表自己的孝心呀？可老爷子没给他这个机会呀。老爷子突然离去，对他的惩罚够大的了，您就高抬贵手，别再给我这个老同学这碗苦汤里添卤了。”

“大了”转过身，对姐姐又说：“大姐，您别怪我，我对申姐也说了您的不是。我这个老同学以前是有好多不对的地方，但他从外地回来，您就一下子把老爷子像卸包袱一样都推给了他。他一个老爷们儿，哪能够照顾老爷子那么周全？老爷子本来就是耗尽了油的灯捻儿了，一个闪失还不就要了老爷子的命？这事您心里不清楚？您说，要不是您这样一把都推给了玉生，老爷子还能多活几年不是？”

玉生和姐姐都垂下头，玉生忍着，姐姐的眼泪已经汪了出来。

“大了”接着说：“人家申姐听完我的话，只说了句‘都不容易’。我就知道，你们遇见好人了。”

“是好人，好人！”玉生和姐姐都忍不住连声附和着。

人家申姐刚才给我打电话，让我帮忙把花给你们送来，她电话里对我说：“住我的房子，就是缘分，不是亲戚也是朋友，我听你说了，他还缺个祭祀的金山银山，就我送吧。谁家都会有生老病死，也算我的一份心意。”

玉生到底忍不住了，眼泪淌了下来。他望着摆在老爷子遗像前的那一盆白菊花、一盆黄菊花，是那种金丝菊和银丝菊，每一瓣细细地伸展开来，弯弯地垂下来，株株的花蕊挺立在花朵中间，开得那么鲜艳，那么雍容华贵。送“大了”下楼的时候，月亮很亮很圆，难得没有雾霾的好天气。“大了”叮嘱玉生明天一清早开车去火葬场的时间，骑车告辞了。望着“大了”骑远的背影，玉生转过身看了看门前的花篮，想着明天早点儿起来，把这些花归拢归拢，拉到火葬场一起烧了。他才发现门旁的门报已经换了，上面写着“申玉生家丧事，恕报种种不周”，还是毛笔手写，柳体楷书。他不知道是“大了”什么时候给换的。

“从火葬场送完玉生他爸爸回来的那天，玉生对我说起这事，眼睛有些湿，我知道，他的心里一定打起个热浪头。玉生这个人，你也知道，嘴笨，不会说什么。他的日子过得也紧巴巴的，不容易。”

听完“大了”对我讲述的这一切，我向他打听玉生的住址，想没赶上给他的老父亲送终，过两天一定抽出点儿工夫去看看他。这些年，他确实过得不容易。而且，这么多年过去了，他当年送我的那本糖纸，还保存在我的书柜里。想想，都是40多年前的事情了，人的一辈子，能有几个40多年的老朋友？尽管我们的老院已经拆干净了，但老朋友还在。

2014年2月7日于北京

年 灯

去年的大年夜，我家后面老爷子家的那盏年灯，在他家封闭阳台的落地窗前，照往年一样，又亮了起来。

老爷子是位老北京，讲究老理儿。过年的时候，家里如有亲人还没有赶回来，要点亮这样一盏年灯，等候亲人的归来。什么时候亲人回来了，这盏年灯才可以熄灭。如果亲人一直都没有回家过年，这盏年灯每晚都要点亮，一直要等到正月十五，也就是过完春节后，才可以将灯取下。

老爷子家这盏年灯，接连好几年都点亮。从我家的后窗一眼就能望见，正对面老爷子家阳台窗前的这盏年灯，就这样从大年夜一直亮到正月十五满街花灯绽放的时候。如今，满北京城，如老爷子这样坚持守着老理儿过年的人，不多见了。

每年过年期间，望着老爷子家这盏年灯，我都会想起自己年轻的时候，那时候母亲还在世，不管晚上我回家多晚，她老人家都会让家里的灯亮着。每次骑着自行车回家，四周房屋里的灯光都没有了，一片漆黑。老远，老远，一望见家里那盏橘黄色的灯闪亮着，跳跃着，像一颗小小的心脏跳跃着，我的心里便会充满温暖，知道母亲还没有睡，还在等着我。母亲去世之后，我晚上回家，再也看不见那盏橘黄色的灯了，好长一段时间都不适应，心里都会有些伤感。对于我，灯，就是家；灯下，就是母亲。无论你回来有多晚，无论你离家有多远，灯只要在家里亮着，母亲就在家里等着。

因为老爷子的儿子和我的儿子都在美国，一样读完博士，在美国成家、生子、工作，我们有很多共同话题，比较熟，也比较说得来。我知道，前些年，老爷子和老伴还常常去美国，看他的儿子，帮忙带带孙子。如今，孙子都上中学了，老爷子真的老了。他不止一次对我说："快80岁了，十几个小时的飞机坐不了喽，前列腺不争气，总得上厕所。"老爷子便盼望儿子能够带着儿媳妇和孙子回来过一回春节。盼了好几年，不是儿子和儿媳妇工作忙，就是孙子春节期间正上学请不了假，都没有能够回来。每年春节，老爷子家阳台的窗前，都亮起了年灯。

今年老爷子家的这盏年灯，变了花样。以往，都只是一盏普通的吊灯，半圆形乳白色的灯罩，垂挂着一只暖色的节能灯。有时候，为了增添一些过年的气氛，老爷子会在灯罩上蒙上一层红纸或红纱。今年，换成了一盏长方形的八角宫灯，下面垂着金黄色的穗子，木制，纱面，上面绘着彩画，因为距离有点儿远，看不清画的是什么，但五颜六色的，显得很漂亮，过年的色彩，一下子浓了。不知道老爷子从哪儿淘来了这么一个玩意儿。

老爷子家的这盏年灯，就这样又像往年一样，在大年夜里亮了一宿。烟花腾空，缤纷辉映在他家窗前的时候，暂时遮挡了年灯，但当烟花落下之后，年灯又在夜幕中亮了起来。让我觉得这景象特别像大海里的浪涛，一浪一浪翻滚过后，只有它像礁石一样立在那里不动。那岿然不动的样子，那执着旺盛的心气，颇有点儿像老爷子。

大年初一过去了，大年初二也过去了……老爷子的年灯，就这么一直亮着。在整个小区里，不知道还有没有什么人，会注意到有这样一盏年灯；在偌大的北京城，不知道还有没有什么人，能守着这么一个过年的老理儿，点亮这样一盏守候着亲人回家过年的年灯。

一天半夜里，我起夜，在厕所的后窗前瞥见那盏年灯，在无月无星只有重重雾霾的夜色里，它比 颗星星还亮，亮得如同一个旷世久远的童话。心里不禁有些感慨，既为老爷子，也为老爷子的儿子，同时，也为自己。

大年初五的早晨，我起床后，从后窗望去，忽然发现，老爷子家阳台落地窗前的那盏年灯，没有了。这一天的天气难得格外晴朗，太阳斜照在他家阳台的落地窗上，明晃晃地反光，直刺我眼睛，我以为眼花了，没有看清。定睛再细看，年灯真的没有了。

正有些奇怪，看见一个男人领着一个十几岁的男孩子，走进阳台，他们都穿着一身运动衣，两人做起了体操来。不用说，老爷子的儿子和孙子回家了。虽然，没有赶上年夜饭，但毕竟赶上了今天晚上破五的饺子。离正月十五还有10天，春节还没有过完呢。

又要过年了，想起老爷子的那盏年灯。

2013年春节于北京

鲫鱼汤

有些事很难忘记。大学毕业那年暑假，我回了北大荒一趟。那时，知青返乡热还没兴起，我是我们生产队乃至全农场第一个回去的知青，乡亲们都还健在，心气很高。过佳木斯，过富锦，过七星河，我赶到我曾经待过的大兴岛二队的上午，队上已经特意杀了一头猪，在两户老乡家摆出了阵势，热闹得像准备过年。

几乎全队的人都聚集在那里，等着和我一醉方休。挨个看乡亲，我仔细看了一周遭，发现只有车老板大老张没有来。我问大老张哪儿去了，几乎所有人都笑了起来，七嘴八舌地叫道："喝晕过去了呗，得等着中午见了！"

大老张是我们队上有名的酒鬼。一天三顿酒，一清早起来，第一件事是摸酒瓶子，赶车出工的时候，腰间别着酒葫芦，什么时候想喝，就得咪上一口。有时候，赶着马车去富锦市拉东西，回来天落黑了，他又喝多了，迷了路，幸亏老马识途，要不非陷进草甸子里，回不了家。

不过，大老张干活不惜力，他长得人高马大，一膀子力气，麦收豆收，满满一车的麦子和豆子，他都是一个人装车卸车，不需要帮手。偶尔需要帮手的时候，他爱叫上我。因为他爱叫我给他讲故事，他最爱听《水浒传》。我们俩常常为争谁坐《水浒传》里的第一把交椅而掰扯不清，我说是豹子头林冲，他非要说是阮小二，因为阮小二是打鱼的，他家祖上也是打鱼的。那都是哪辈子的事儿了？自从他爷爷闯关东之后，他就会赶马车。

那时候，知道我和大老张关系不错，大老张老婆老找我，让我劝大老张少喝点儿。每一次劝，大老张都会说："停水停电不停酒！"然后，接着雷打不动地喝。

那天午饭，我也没少喝。两户人家，屋里屋外，炕上炕下，摆了好几桌，杀猪菜尽情地招呼，乡亲们问我这个人怎么样，那个人又怎么样，把一个个知青都热情地问了个遍。就着北大荒酒的酒劲儿，乡亲们的热情，一浪高过一浪。

午饭快要结束的时候，院子里传来粗葫芦般的大嗓门儿，叫着我的名字："肖复兴在哪儿了？"一听，就是大老张，这家伙，真的是等到中午才来。早晨的酒劲儿过去了，又接着中午这一顿续上？我赶紧起身叫道："我在这儿！"他已经走进了屋，大手一扬，冲我叫道："看我给你弄什么来了。"我定睛一看，他手里拎着两条小鱼。那鱼很小，顶多两寸来长。他接着对我说："一清早我就到七星河给你钓鱼去了，今天真是邪性，钓了一上午，钓到了现在，就钓上这么两条小鲫瓜子！"说着，他把鱼递给身边的一个妇女，嘱咐她：

“去给肖复兴炖汤喝，我就知道你们吃的什么都有，就是没有鱼！”

有人调侃大老张：“我们还以为你喝晕过去了呢！”大老张很一本正经地说：“今儿我可是一滴酒还都没有喝呢，我说什么也得给咱们肖复兴钓鱼去，弄碗鱼汤喝呀！酒喝多了，鱼怎么钓？”这话说得我心头一热。自从认识大老张以来，这是他第一次一上午滴酒未沾。

鲫鱼汤炖好了，端上来，只有小小的一碗。炖鱼的那个妇女说：“鱼实在是太小了！”大家都让我喝，说这可是大老张的一片心意！这时候，大老张已经喝多了，顾不上鲫鱼汤，只管呼呼大睡。满是胡子茬儿的大嘴一张一合吐着气，像鱼嘴张开吐着泡泡，浑身是七星河畔水草的气味。

什么时候，有过一个人为了让你喝上一碗鱼汤，而整整一个上午专门去钓鱼？我的心里有说不出的感动。独木不成林，一个地方，之所以让你怀念，让你千里万里想再回去看看，不仅仅是那个地方让你难忘，更是有人让你难忘。

我永远难忘那小碗鲫鱼汤，汤熬成了奶白色，放了一个红辣椒，几片香菜，色彩是那样好看，味道是那样鲜美。算一算，35年过去了，七星河还在，但是，钓鱼的人不在了。那个唯一一个上午忍着酒虫子钻心而专心坐在河畔，专门为你钓鱼的人不在了。

2017年3月26日于北京

春节的苹果

我回到北京，说起这件事，好多人都不相信是真的，但它确实是真的。事情发生在48年前的春节，那是我离开北京到北大荒过的第一个春节。

大年初一的中午，队上聚餐。尽管从年三十就开始大雪纷纷，依然阻挡不住大家对这顿年饭的渴盼，很早，全部知青拥挤在知青食堂里。队里杀了一头猪，炖了一锅杀猪菜，为大家打牙祭。队上小卖部的酒，不管是白酒还是果酒，早被大家买光了。

那是我第一次吃杀猪菜，翻滚着沸腾的水花，端将上来，热气腾腾，扑面而来，满眼生花，觉得很新鲜，尤其是里面的血肠，从来没有见过，特别滑爽好吃。

比血肠更让我感到新鲜的，是赶马车的车把式大老张带来的一大坛子酒，倒给我们每个人一小杯，让我们尝尝，猜猜是什么酒。这种酒，别说我从来没有喝过，就是见都没见过。度数没有北大荒酒高，却别有一种香气，浅黄颜色，非常鲜亮，味道有点儿甜，也有点儿酸，入口进肚，绵绵悠长，特别受女知青的欢迎。一大坛子酒，很快被大家喝光。大老张告诉我们这叫嘟柿酒，是他用嘟柿自己酿造的。嘟柿，是一种秋天结的野果，那时，我没有见过这玩意儿，大老张说到秋天带我进完达山摘嘟柿去。

这顿年饭，热热闹闹，从中午一直吃到了黄昏。难得队上杀了一头猪，难得大家能欢聚一堂。都是第一次离开家，对家的思念，便暂时被胃中的美味替代。有人喝高了，有人喝醉了，有人开始唱歌，有人开始唱戏，有人开始掉眼泪……拥挤的食堂里，声浪震天，盖过了门外的风雪呼啸。

就在这时候，菜园里的老李头儿扛着半拉麻袋，一身雪花推门进了食堂。老李头50多岁，大半辈子侍弄菜地，我们队上的菜地，让他一个人伺弄得姹紫嫣红，供我们全队人吃菜。不知道他的麻袋里装的什么东西，如果是菜，人家的年饭都已经吃完了，他扛来菜还有什么用呢？只看老李头儿把麻袋一倒，满地滚的是卷心菜（北大荒人管它叫洋白菜），果然是菜，望着一地的卷心菜，望着老李头儿，大家面面相觑，有些莫名其妙。几个喝醉酒的知青冲老李头儿叫道："这时候，你弄点儿洋白菜干什么用呀？倒是再拿点儿酒来呀！"

老李头儿没有理他们的叫喊，对身边的一位知青说，你去食堂里面拿把菜刀来。要菜刀干吗呢？大家更奇怪了。菜刀拿来了，递在老李头儿手里，只见他手起刀落，卷心菜被拦腰切成两半，从菜心里露出一个苹果。简直就像变魔术一样，这让大家惊叫起来。不一会儿的工夫，半麻袋的卷心菜里的苹果都金蝉脱壳一般滚落出来，每桌上起码有一两个苹果可吃了。那苹果的颜色并不很红，但那一刻在大家的眼睛里分外鲜红透亮。

可以说，这是这顿年饭最别致的一道菜。这是老李头儿的绝活儿。伏苹果挂果的季节，正是卷心菜长叶的时候。老李头儿把苹果放进刚刚卷心的菜里，外面的叶子一层层陆续包裹苹果，便成为苹果在北大荒最好的储存方式。没有冰箱的年代里，老李头儿的土法子，也算是他的一种发明呢。老李头儿就等着过年的时候拿出来亮相，让自己露一手。

很多人不大相信，有人对我说，卷心菜的菜叶是一层层从外面往里面长的，苹果怎么能包裹进菜心里面呢？说这样话的人，是没有种过卷心菜。前两天，我到北京郊区的知青农场的大棚里买新鲜的蔬菜，看到大棚里的卷心菜正在卷心长叶，和负责种菜的一位师傅说起这段往事，她望着卷心菜的菜心，笑着说，这倒真是一种好法子！现在，正是把苹果放进菜心里的时候。

2017年春节前夕于北京

翡翠如意

小关是我换的最后一个护工，天津武清人，不到40岁的中年妇女，有些发胖，但面容姣好，刚出现在我的病房里的时候，穿着一件杏黄色的衬衣，挎着一个时兴的挎包，一点儿不像常见的护工，倒像来探望我的客人。护工大都是从北京周边农村来的，她不像，倒像城里人。

那时，我因腰伤住院，下不了地，生活无法自理，不得不请护工帮忙。前一个护工马大姐因为婆婆病了得赶紧回家，临时换了小关救急。

我对小关印象很好，倒不仅是因为她人长得精神。我平日里看的报纸和杂志多，好打发住院时的寂寥时光，所以我的病房里不几天就堆满了报纸杂志。为了不给护士清理病房增加麻烦，便请小关帮我把看过的报纸杂志卖了，也没几个钱，以前的几个护工卖了之后，就把钱留给自己用了，也算是一点点微不足道的贴补吧。但是，那天，小关下楼卖了报纸杂志之后，却把钱悄悄地放在病床旁的床头柜上。那时，我睡了一小觉，醒来之后，发现了钱，是6元多，便对她说这点儿钱你拿着吧。她说可这是你的报纸杂志啊。我说你们护工的工资不高，这点儿钱也不多。我把钱硬塞在她的手里，她不好意思地收下了。那天下午，来了三个朋友看我，小关给朋友每人用纸杯倒了一杯茶，就出去了。不一会儿，她回来了，手里拿着四根雪糕，给了每个朋友一根，把最后一根给了我，她自己却没有。这让我的心里一动，她用这种方式把那6元多钱都花掉了。我对她说我肚子不舒服，把雪糕还给了她。

我和她相处得很好，她手脚麻利，非常有眼力见儿，就是不大爱说话，没事的时候就看我翻过的报纸杂志。我和她闲聊时知道了她大概的人生经历：她和丈夫是一个村的，都出来打工，丈夫在建筑工地当个小工头。他们有一个女儿，今年考大学，留在她的父母家。在说起女儿的时候，她的眼睛一亮，说如果不是为了她，自己不会出来打工。好几次没有什么事情的时候，我看见她望着窗外，悄悄地哼起了歌，都是同一首歌，毛阿敏唱的那首“你是一只蝴蝶飞进我的窗口……”她的声音挺好听的，只是唱得有点儿忧郁。我对她说：“你唱得挺好听的呢。”她脸红了，说：“我闺女爱唱这歌。”

有一天晚上，她的手机响了，接过手机说了两句话，她对我说：“我姐姐来给我送东西了，我下楼一趟，一会儿就回来。”很快，她就气喘吁吁地跑了回来，抱着厚厚一堆被褥。这让我有些奇怪，她告诉过我，她一直住在虎坊桥租的房子里，不会睡光板床，连被褥都没有，现在姐姐才想起给她送来？那一晚上，她的脸色沉沉的，一言不发，坐在旁边，望着窗外的夜色发愣。

第二天，吃完早饭后，她帮我捶腿，这是大夫交给她的活儿，说我这么长时间下不了地走路，肌肉会萎缩，要她帮助我每天捶捶腿。她的手落在我的腿上，时轻时重，没有章法，纷乱得就像她的心情。我对她说："你有心事呀！"她一愣，抬起头瞧了瞧我，问我："你怎么知道？"我开玩笑说："我会猜呀！"她问我："你怎么猜出来的？"我把我的两个疑问说给了她听：一、你说起你女儿表情就不一样；二、你住北京好几年了，怎么你姐姐才给你送被褥？她一下子伏在床帮上哭了起来。

我才知道，她姐姐就在北京工作，有自己的家，日子过得不错，买了房和车。当年，她和姐姐都在县城中学里读书，姐姐比她大3岁，姐姐读高三的时候，她读初二，两个人学习成绩都不错。那时家里经济条件不好，爸爸对她说："就让你姐姐考大学，你就别再考高中了吧。"她答应了，暑假过后，姐姐考上了大学，她回村里和爸爸一起种地。

这能解决我的第一个疑问，她的女儿今年上高三，到了考大学的年龄了，顾影自怜，她想起了当年，为了姐姐考大学，自己却断送了前程，要不现在怎么也不会跑到医院里当护工啊。但是，这解决不了我的第二个疑问，她为什么一直没有睡的被褥？非得姐姐来送？

她对我说："你真是厉害，一眼看穿了我，我就实话对你说了吧。"

就在来我这里当护工的前几天，她从医院下了夜班，洗洗涮涮，上午回家，那时，她和丈夫一起住在肖村附近租的农民房。骑车路过永定门外沙子口的地方，一辆面包车靠近她，她赶紧往边上骑，越是往边上骑，车越是紧贴着她，最后车一打把突然横了过来，戛然停在她的前面。她正要冲司机喊"你这是怎么开车的"，司机已经跳下车来，笑吟吟地叫着她的名字。一看，竟然是自己的中学同学，早听说他也从家乡跑到北京，干得不错，成立了一家装修公司，公司不大，却是自己当老板。他对她一挥手说："上车吧！今儿我们去红螺寺玩，跟我们一起去吧！"她这才看见车里还坐着一个女的，她认识，也是中学同学。他介绍道："这是我老婆，刚从老家来，我带她去玩，怎么这么巧碰上了你，一起玩吧！"就这样，死拖活拖，她被这一对中学同学拉上车。同学帮忙把车锁在路边的电线杆子上，对她说："放心，玩完之后，我再送你到这里来，取你的自行车。"

从红螺寺玩完，又一起吃了顿饭，回来时天已经黑了，自行车没有了，让人偷走了。那一天，她是走回肖村的。从沙子口到肖村得有七八公里，走到家已经是半夜了。丈夫问她从医院下了夜班不回家，这一整天都到哪儿去了，怎么跑得车也丢了？她说了实情，丈夫暴怒，硬说她是会她中学时代的初恋情人去了，不由分说，暴打了她一顿。她跑了出来，连夜跑到姐姐家，任凭姐姐一家怎么劝，就是不回去。在姐姐家住了几天，姐姐好说歹说，把她劝回了家。回家一看，家里住着另外一个女人，她明白了，丈夫在外面早有了傍尖儿，正好找了借口把她打出门。她在虎坊桥新租了房子，姐姐才知道，忙给她送被褥来。

也许，出门在外打工的人，南北东西，悲欢离合，总会有意想不到的事情发生，我不知道该怎么安慰她。她对我说："我现在什么也不想了，就想让闺女替我争口气，考上大学。"她又对我说姐姐对她不错，可那是人家的家，住人家家里也不是滋味呀。我说："那是，如果当年你和你姐姐一样考上大学，也就可能在北京有自己的家了。"她叹口气说："人的命呀！"

那天，是她来我这里当护工说话最多的一次。说出一直憋在心里的心事，虽然解决不了什么问题，但我看出她的心情舒缓多了。

有一天，从白天到晚上，她的电话不断，弄得她非常不好意思，怕吵我，也怕我听见，就跑到病房外面，打完电话回来，总是脸红红的。晚上，她姐姐又给她打了个电话，放下电话，她对我说能不能明天请个假，她得回老家一趟。我说有事你就去吧！她又说千万可别让人知道！我知道护工不能擅自离岗，医院知道了要罚钱，甚至会开除的。她冒着这样的风险要回家，肯定有急事，一问，是她女儿一模的成绩出来了，考得不理想，老师来电话找到家里，父母又托人打电话找到她姐姐，姐姐打电话又告诉她，她女儿和班上一个男孩子有早恋的迹象，弄得孩子最近分神厉害。第二天，姐姐特意请了假，开着那辆奇瑞小汽车，带她回家找女儿。姐姐当得也够不错的，不用说，姐姐一定觉得当年自己考大学欠了妹妹一笔永远还不清的债，她知道高考在即，对于妹妹是多么关键的时刻，孩子的身上延续的是妹妹的青春和妹妹的梦啊。

傍晚的时候，她急匆匆地赶了回来。我问她孩子怎么样，她说她在县城的一个歌厅里找到了闺女，闺女没去上课，和那个男孩子唱歌唱得正欢呢，没想到母亲突然出现在面前。她说她当时真想给闺女一巴掌，只是气得手不住地哆嗦，抬都抬不起来，当着闺女的面呜呜地哭了起来。

我不知道母亲的哭声能不能打动女儿的心，她回来了，却把心留在女儿那儿。我对她说不行就请一些日子假，回家陪陪女儿，渡过高考这一关，要不过了这村可没这店了。她说："我姐姐也这么说，她还说损失的工钱她给我。可我怎么能要她的钱？她也养一大家子人，每月还得养这个小汽车，挺花钱的。再说我也不敢走，这几个工钱倒好说，问题是走了就回不来了，再找护工的活儿就找不着了呀！"

我出院的时候，为了方便我下楼，小关去楼下住院处帮我借轮椅的时候，一个中年男人来到我的病房，问小关是在这儿干活吗。我点点头，望着这男人，问他有什么事，他从包里拿出一个东西交给我，说麻烦你把这个给她。我说你等一等，小关一会儿就回来了。他说："不等了，医院门口车太多，停不下来，我的车还停在马路那儿呢，别再让警察逮着罚款。”说罢，他就匆匆地走了，我大声地问他：“你贵姓呀？”咚咚的脚步声，告诉我他已经下了楼梯。

我仔细看看那东西，是个翡翠的挂坠，雕刻着常见的如意造型。不一会儿，小关就回来了，我把翡翠如意交给了她，告诉她刚才来了个男人，她说：“知道了，他给我打过电话，说要把这东西送过来，我不让他来，这人真是的，还是来了！”然后，没等我问，她告诉我那天从红螺寺回来晚了，丈夫打她的时候，把她的脖子上戴的挂坠给拽掉落在地上，碎了。是一个翡翠如意，不是什么好料，值不了多少钱，却是自己娘家带来的陪嫁呢。

我没问刚才来的那个男人是谁，她也没告诉我。

2009年4月15日于北京

女人和蛇

欧文小镇是美国印第安纳州一个袖珍小镇，之所以出名，是因为这里有温泉。100多年前，一位德国医生就是冲着温泉买了这里一块非常大的地，建立起一座疗养院。岁月沧桑，世事更迭，如今这里成了一座州立公园。

来到公园，才知道公园占地面积非常大，森林资源丰富，远不止温泉。如今人们在公园里建了一座自然中心，其实就是一座小型的自然博物馆。这是一座莱特式现代建筑，里面展览这里独有的矿物、树种、花草、动物等历史和标本，还有活物。活物中最多的是鸟、乌龟和蛇。

正是中午，乌龟和蛇正在吃午餐。我第一次看见乌龟和蛇吃东西，它们被迁出展柜，放在很大的塑料箱中。乌龟吃小鱼，还可以理解，蛇居然也吃小鱼，真的难以想象。蛇吃小鱼，伸出蜿蜒的脖子，吐出长长的芯子，在一瞬间就完成了进餐的整个动作，那劲头颇像壁虎捉虫，非常好玩。

我和孩子们正在围着箱子看蛇吃小鱼，一位身穿工作服的老太太走了过来。她告诉我们，这条蛇今天已经吃了十几条小鱼了，刚才是它吃的最后一条小鱼。说着，她弯腰蹲下来，将手臂伸进箱子里，把那条蛇拿了出来，对我们说："你们可以摸一摸它，它很听话，不伤人的。"那条蛇足有七八米长，碗口那样粗，顺着她的胳膊，像是电影里的慢镜头一样，缓缓地蜿蜒着，舒展着身子，蜷伏在她的胸前。那样子的蛇显得很温驯，但我没敢去摸，倒是孩子们兴致勃勃地跃跃欲试，引起欢快的笑声，蛇见多不怪，不动声色地依偎在老太太的胸前。

老太太接着告诉我们，这条蛇是10多年前她在展览馆门口看见的，它像是要爬进展览馆，按我们的话说就是缘分了。老太太弯腰抱起了它，一直养到了今天。说着，她走到展柜前，把蛇放了进去，又引我们到展台前，打开一本画册，翻到有一条小蛇的那一页，说这就是10多年前拍下的照片。

13年，她将一条小蛇养成一条蟒蛇那般粗大。并不是所有的蛇都是《伊索寓言》中《农夫和蛇》里的蛇，这条蛇通人性，13年朝夕相处，和老太太成了好朋友。这应该是人和大自然的关系。老太太笑着告诉我们，这条蛇特别有趣，最爱闻巧克力的味儿，虽然它并不吃巧克力。有一次，在喂它吃食的时候，她刚刚吃了一块巧克力，被它闻到了，蛇的嗅觉特别灵敏，以后只要你一吃巧克力，它老远就能闻得到，就会显得很兴奋，向你爬过来。而且，以后几乎每一次再喂食的时候，它都要你张开嘴，看看你嘴中有没有巧克力。那样子，就像一个孩子。

老太太是一个心直口快爱说话的人。也许，是整天和这些不说话的动植物打交道闷得慌吧，她渴望和人交流。不过，这只是我带有偏见的猜度，很快就被她的话所打破。她好像猜透了我对她的揣摩，告诉我们她自己的经历。原来她是在这个小镇上长大的，考入大学，学的航天工程，硕士毕业之后，有一份很不错的工作。但是，大概是这里独特的自然环境对她的影响至深，她爱的是这里的森林和森林里的动植物，于是她常常到这个自然中心来，开始当志愿者，一当当了10多年，人家看她确实是想到这里来工作，就把她接收为正式的工作人员。她高兴地说，这是她最愿意做的工作。一个人，一生中能够有一个理想的爱人，有一个美满的家庭，有一份自己愿意做的工作，就是最幸福的了。

当我听完老太太这番话，对她刮目相看。如今，对幸福的认知已经五花八门，并不是什么人都能够如她一样，愿意舍弃优越的工作而在一个小镇当一个自然中心的工作人员，单调而寂寞地对待她的那些乌龟和蛇。

想起终生书写森林大自然的苏联作家普里什文曾经说过的话：“世界是美丽非凡的，因为它和我们内心世界相呼应。”他在这里说的第一个“世界”，就是森林和大自然，有了这个大世界，我们内心的小世界才有可能会形成。

他同时又强调，“一个人是很难找到自己心灵同大自然的一致的”。他在这里强调的“很难”，是指如我一样的普通人，但他和这位老太太却属于心灵和大自然相呼应、相一致的人。

临离开欧文小镇的时候，取了一份介绍小镇的册页，那上面居然和我们的城镇一样，爱用宣传口号为自己立言：Sweet Owen（甜蜜欧文）。想想，这个Sweet，用在这位老太太身上，倒也真合适。这个Sweet，对于她是甜蜜，更是幸福。

2014年5月27日记于欧文小镇

万圣节的南瓜

万圣节前夕，我住的社区，家家门前都早早地摆上了南瓜。各家有各家的风格，那南瓜摆得都非常有意思，有的从路边一直摆到门前，像仪仗队欢迎客人似的；有的在每个台阶前放一个南瓜，步步登高；有的则左右对称；有的则在南瓜上雕刻上笑脸，做成南瓜灯，迫不及待迎接节日的到来。

在我看来，世界上许多节日都日渐失去了民俗的本意，而成了一种休闲娱乐的方式。万圣节，在美国更成了孩子们的节日。因为这一天，身穿各式各样节日服装的孩子们，可以兴致勃勃地叩响各家的房门，向那些平常并不熟悉甚至根本不认识的邻居讨要糖吃。而各家都准备好了各色糖果，等待孩子们的到来，一起创造并分享这种欢乐。各家门前的这些南瓜，就像圣诞节的圣诞树，是节日的象征，只不过圣诞树一般是放在家中，而南瓜则是放在屋外的。于是，南瓜便也就有了节日共享的意味，颇有些像我们春节的花炮，燃放起来，大家都可以看到，共享欢乐。

那一色黄中透红的南瓜，在万圣节前夕，是那样明亮，给已经有些寒意的初冬天气带来暖意。

唯独有一家人家的房前，没有放一个南瓜，在整个社区显得格外醒目。仿佛一串明亮的珠子，突然在这里断了线，珠子穿不起来了。

每天散步，路过这家门前的时候，我的心里都有些怅然。这是一座很大的房子，门前有拱形的院落和左右对称的院门，院门旁各有一株高高的海棠树，连接这两座门的是一座半圆形的花坛。看院子这样气派，应该是一户殷实的人家，大概不会买不起几个南瓜，在超市里三个大南瓜只要10美元。心想要不就是因为忙，一时顾不过来去超市买南瓜。

又几天过去了，马上就到万圣节了，这家门前还是没有一个南瓜。门前的海棠树结满红红的小果子，花坛却没有一朵花在开放，秋风一吹，院落里落满凄清的树叶，也没有打扫。我有些奇怪，便向人打听，这是怎么回事呢？这样的情景和节日太不相吻合，和这样气派的房子也不大吻合。

有人告诉我，这家的主人是个医生，不知犯了什么案，被判了刑，关进监狱。这座房子被银行收走，他的家人只有在这里住一年的权限。我从来没见过这家的女主人，只见过他家有两个男孩子和一个女孩子出入，年龄都不大，两个男孩子像是中学生，妹妹小，大约只上小学。听别人这么一说，我心里也就多少明白了，家里缺少了主心骨，大人孩子过日子的心气也就没有了，再好的房子和院子也就荒芜了。况且，缺少家庭主要的经济来源，3个正上学的孩子都需要花销，过日子都局促，自然顾不上南瓜了。心里不仅替这家人惋惜，尤其是替那3个无辜的孩子，大人们做事情的时候，往往忽略了孩子的存在。但凡想想自己的孩子，做事情的时候也该会让自己的手颤抖一下吧。

那天下午，我的邻居家的后院里忽然响起了锄草机的轰鸣声。这让我很奇怪，因为邻居的锄草很有规律，都是在周末休息的时候，现在还没有到周末，而且人也没有下班，怎么就有了锄草机的声响呢？我走到露台上去看，发现是那家医生的两个男孩子在锄草。他们开来一辆汽车，停在院子前，猜想是他们拉来了自己的锄草机，帮助邻居锄草，挣一点儿辛苦钱。同时，也猜想是邻居的好心，让这两个孩子挣点儿钱去买万圣节的糖果和南瓜。

我的猜想没有错。黄昏的时候，邻居下班，这是一家印度人，我问了他们，他们腼腆地笑笑，证实了我的猜测。同时，他们还告诉我，这个社区里很多人都知道他们家的事情，都像他家一样将锄草的活儿交给了这两个读中学的孩子。他们不愿以施舍的姿态帮助医生一家，那样会伤孩子的自尊心，他们更愿意以这样的方式帮助孩子，让他们感觉自己像成人一样，可以自食其力，可以为家庭分忧，给母亲和小妹妹一点儿安慰。

果然，第二天，这家医生的门前摆上了南瓜。那是3个硕大无比的南瓜，大概是3个孩子每人挑选的一个中意的南瓜。每个南瓜上都雕刻了笑脸，在布鲁明顿明亮阳光的照耀下，那3张笑脸笑得非常灿烂。

2013年11月8日于北京

塔夫特夫人的选择

在美国的城市里，辛辛那提不算大，却一直是座富有艺术气息的城市。对我而言，不为它有驰名世界的辛辛那提交响乐团和那古老而美丽的音乐大厅，更为它有家私人美术馆，给这座城市提气，为这座城市平添一抹异样的艺术色彩。

这座美术馆叫作塔夫特（Taft），坐落在辛辛那提第四大街附近派克街316号。离俄亥俄河很近，是一座漂亮轩豁的别墅。展厅在二楼，从二楼的咖啡厅可以步入宽敞的露台，从露台可以下到一层花木扶疏的花园。作为私家美术馆，它的规模足可以和巴黎等一些大都市的私家博物馆相媲美。

引我慕名而来的主要原因，是美术馆的主人安娜·塔夫特夫人。她是辛辛那提历史上第一位百万富翁塔夫特先生的独生女，从父亲那里继承下万贯家财，按照我们现在的说法，属于富二代，她完全可以过一种贵妇人的生活。看美术馆里陈列着她的雕像和油画肖像，雍容富贵，真有贵妇人的容颜和姿态。她不仅是富二代，而且属于美女级的富二代，这无形中为她锦上添花。她的丈夫是位毕业于哥伦比亚大学的律师，一位法学博士收入不菲，家境也很富有。那么多的钱怎么花，是摆在所有富二代面前的一道人生课题。她对丈夫说，与其我们拿钱去投资股票或置办房产，不如用来投资艺术品。她的丈夫欣然同意。

他们一共拥有10个孩子，他们没有把钱留给孩子们，却开始了艺术品的收藏。当收藏到一定规模的时候，他们没有把这些藏品送到拍卖会上，让其金钱的数字翻着跟头地增长，而是将这些价值连城的藏品外加把自己住的别墅一并让出来，辟为了美术馆。

1931年，安娜·塔夫特夫人去世。1932年，美术馆在这座1820年建的老建筑里正式对外开放。

在美术馆展览手册上，有一张他们的全家福，旁边写着这样一段话："欢迎来到我们的家，也是你们的家。这间房子，这艺术，属于你们，如果换一个视角来看，你们会有新的发现。"这就是塔夫特夫人和他们全家创建这座美术馆的意图，或者说是他们的心愿。当然，也是他们为万贯家财和自己心的归宿的一种选择。

这种选择，值得尊敬，让我感动。并不是每一位富二代都能做出这样的选择。我们看到的一些富二代，更多的是如塔夫特夫人所说的那样，愿意选择投资股票和房地产，还有不少则愿意投资可以赚钱而喧嚣的餐馆、酒店、会所或影视，甚至可以一掷千金地豪赌，包养女人，去酒吧里胡作非为，花天酒地，醉生梦死。如塔夫特夫人一样愿意拿自己毕生的财富投资艺术品并创建美术馆，不独自鲸吞，而让更多人一起分享，为社会服务，在我们这里还很少见。

二楼的14个房间，成了展厅。藏品很丰富，甚至有的藏品比我们一些国家级博物馆馆藏还要丰富。比如，它的美术作品，从17世纪到20世纪，包括了伦勃朗、英格尔、特纳、科罗、卢梭、米勒的珍贵油画。其中，美国早期著名印象派画家詹姆斯·惠斯勒（James Whistler）的代表作《钢琴旁》，成为镇馆之宝。还有辛辛那提本土画家弗兰克·杜韦内克（Frank Duveneck），他是辛辛那提美术的奠基人，他画的那幅有名的油画《辛辛那提少年》也收藏在这里，如今被放大成巨幅壁画，立在辛辛那提的街头，成为辛辛那提的标志和骄傲。

塔夫特美术馆藏品另一个打眼之处在于中国瓷器，从唐代到清代，琳琅满目，每一个展厅，甚至走廊，都密集地陈列着，真有些乱花迷眼。其中清康熙年间的瓷器尤为多，不少是在中国少见的外销瓷，外形和色彩都有些古怪，有些替洋人做审美想象的东方意识。还有一个打眼处，便是很多展厅都陈列着塔夫特夫妇的画像和雕塑，都是左右对称的匹配，仿佛他们依然蝶双飞一样出双入对。看这些雕塑和画像，丈夫风流倜傥，夫人风姿绰约，会不会是画家、雕塑家对他们的美化？我马上又打消了自己这个小心眼儿的猜想，应该对他们保持敬意，难道不应该为他们的这种选择而心怀敬意和感激吗？

还值得一提的是，塔夫特美术馆每年都会从世界各地邀请一些展览，作为自己的特展。这一点和正规的美术馆一样，是必备和必需的。今年它便有5次特展，我来这里，赶上的是美国早期摄影作品展，都是19世纪中期的作品，被镶嵌在项链坠、首饰盒或小型镜子里，成为艺术，也成为历史。当然，参观特展是需要花钱的。我们的美术馆常常也有一些莫名其妙的特展，但不知是什么人的画和字，都可以堂皇入室摆在那里，这是为美术馆挣钱的。选择就是这样的不同，不仅仅止于富二代的选择。

2013年8月19日记于辛辛那提

2013年8月26日改于布鲁明顿

第二辑

我的父亲母亲

母亲去世以后，好长一段时间，我出门总是忘记带钥匙。而每一次回家走到楼下的时候，总是习惯性望望楼上家的窗前，空荡荡的窗前，像是没有了画幅的一个镜框，像是没有了牙齿的一张瘪嘴。

召 唤

在我的印象中，父亲胆子很小，一直到他去世，都活得谨小慎微，有毒的不吃，犯法的不干，树上掉片树叶都要躲着，生怕砸着自己的脑袋。长大以后，当我知道父亲的一件事情之后，对父亲的印象有所改变。

父亲很年轻的时候，就独自一人离开家乡河北沧县，跑到天津去学织地毯。我的爷爷当过乡间的私塾先生，略有文化，他有两个孩子，一个是父亲，一个是父亲的哥哥。和一辈子守在乡下种田的哥哥不同，父亲在乡间读完初小，就想离开家乡。别人怎么劝都不行，他还是来到了天津。天津离沧县120里地，是离沧县最近的大城市。沧县很多人都曾经到天津跑码头，这个传统一直延续至今，在现在天津的街头还能碰到不少打工者，操着沧县口音。想想，父亲只身一人跑到天津学织地毯的情景，很像如今那些北漂。尽管时代相隔了近百年，年轻人躁动的梦想和盲目的行为方式，基本相似。那时候的父亲，胆子并不小，性格里有很不安分的成分。

我一直在想，父亲为什么曾经会有这样不安分的性格？后来，为什么又将这种性格磨平乃至变得如此谨小慎微呢？

受我爷爷当私塾先生的影响，父亲读书的时候，爱看一些杂书，特别是章回本的旧小说。我读小学的时候，在晚上我和弟弟睡觉前，他常常讲《三国演义》《施公案》《水浒传》《聊斋志异》里的一些故事给我们听，也不管我们听懂听不懂，爱听不爱听。他也喜欢沧州地区有名的文人纪晓岚的《阅微草堂笔记》，他常讲一些他小时候听到的关于纪晓岚的民间传说。一直到现在我还记忆犹新，听他绘声绘色地说起纪晓岚小时候，有一位从南方来的大官，看见纪晓岚在田里放牛，大夏天的，还穿着一件破棉袄，摇着一把破芭蕉扇，觉得很可笑，就随口说了句：穿冬衣，拿夏扇，胡闹春秋。纪晓岚回了一句：到北地，说南语，不识东西。讲完这个故事，父亲呵呵地笑，他故意将“识”说成“是”，然后又对我们讲这里一语双关的意思，讲这个对子里的对仗，对得非常简单，又非常有趣。我和弟弟也觉得特别好玩。父亲去世之后，整理他的极其简单的几件遗物，其中有一本旧书，就是《阅微草堂笔记》。

父亲从来没有对我讲过这类文学书对他的影响，他只是说自己从小喜欢读书，以此来教育我和弟弟要好好读书。所以，只要是我买书，他从来都不反对，读小学一年级的时候，他为我买的第一本杂志——《小朋友》，那是一种很薄的画册。之后，我识字多了，他为我买《儿童时代》。再以后，他为我买《少年文艺》。这样三种杂志，成为我童年读书的三个台阶，应该说是父亲领着我一步步走上来的。

那时候，我家住的大院斜对门有一家邮局，那里卖这些杂志。跟着父亲到邮局里买这些杂志，成了我童年和少年时代最快乐的事情。我想，以后我能写一些东西，最初应该是父亲在我心里埋下的种子。父子两代人，总有一些相似的东西，影子一样叠印在彼此的身上，是遗传的基因，也是潜移默化的结果，是上一辈人未曾实现的梦想不由自主的延续。

偶尔一次，父亲对我说，在部队行军的途中，要求轻装，必须得丢掉一些东西，他却还带着些旧书，舍不得扔掉。其实，说这番话的时候，父亲只是为了教育我要珍惜读书的机会，不小心说秃噜了嘴，无意中透露出他的秘密。当时，我在想，部队行军，这么说，他当过军人，什么军人？共产党的，还是国民党的？那时候，我也就刚读小学四五年级，一下子心里警惕了起来。如果是共产党的军人，那就是八路军，或者是解放军了，应该是那时的骄傲，他应该早就扯旗放炮地告诉我们了，绝对不会耗到现在才说。所以，我猜想，父亲一定是国民党的军人了。

事实证明了我的猜想没有错。

我家那时有一个黄色的小牛皮箱，我知道，里面放着粮票、油票、布票等各种票据，还有父亲每月发下来的工资，都是我家的“金银细软”。有一天，我打开这个小牛皮箱，翻到了箱子底，发现了一本厚厚的相册和一张委任状的硬皮纸。委任状上，写着北京市政府任命父亲为北京市财务局科员，下面有市政府大印，还有当时北京市市长聂荣臻手写体签名的蓝色印章。这是北京和平解放之后，对于像我父亲这样的国民党政府留下的人员接收时的证明。应该说，没有任何问题，问题出在那本相册上。那是一本印刷品，当我打开相册，看见里面每一页都印着一排排穿着国民党军服的军官的蓝色照片。这样的国民党军服，只有在电影里才见过，是那些杀人不眨眼的刽子手才穿的军服。我一下子愣在了那里，小小的心，被万箭射穿。我几乎忽略掉了这本相册下面还压着四块袁大头银圆。

读中学之后，我才渐渐弄清楚。父亲在天津学织地毯，并没有多长的时间，他是觉得这样一天天织下去，没有什么前途，就投奔了在冯玉祥部队当军需官的一位亲戚。父亲不安分的心，再一次蠢蠢欲动。因为他多少有一些文化，在部队里很快得到了提拔，最后当了一个少校军衔的军需官。1945年，抗日战争结束后，他从部队转业，集体到南京国民政府受训，然后转业到地方的财务局，从信阳到张家口再到北京。

是国民党，还是一个少校军官。父亲曾经拥有过的这样一个身份，对于我简直像一枚炸弹，炸得我胆战心惊。

而这样的一个身份，犹如一块沉重的石头，一直压在父亲的档案里和父亲的心里。

我读初一的时候，已经是1960年。新中国成立伊始的许多政治运动，如“三反五反”“反右”等，都已经轰轰烈烈地过去了。父亲都平安无事，实在是不容易。后来，我才发现父亲写的那些交代材料一摞一摞的，不知有多少。父亲对我也不隐瞒，就放在那里，任我随意看。那里有他的历史，有他的人生。有一段时间，我非常好奇，曾经翻看父亲的这些交代材料，有很多都是重复的车轱辘话，在不厌其烦地反复地讲，又要发自肺腑地深刻地讲。“食不厌精，脍不厌细”一般，不怕交代的琐碎，不怕检查的絮叨。父亲的字写得很小，又挤在一起，像火车站拥挤上车的人群，生怕挤不上车，眼睁睁地看着火车开跑，自己被无情地甩下。那些密密麻麻的钢笔字，有很多颜色已经变浅，甚至模糊，不知道为什么让我想起父亲带我和弟弟给母亲上坟时，他写的那两张纸的信上密密麻麻的字迹。同样也是不厌其烦地反复地讲的车轱辘话，同样也是发自肺腑地深刻地讲的话，却是那样不同。

读初三的时候，我15岁，退了少先队之后，要申请加入共青团，首先一条，就是要和家庭划清界限。于是，步父亲后尘，如同父亲写交代材料一样，我不知写了多少对家庭出身、对父亲历史认识的报告，交给团支部，接受组织的一遍遍的审阅、一次次的考验。我才知道，写这些材料，不是一件简单的事情。尽管那时我的作文写得不错，但是，这样的材料，远比作文难写，总觉得写得枯燥，心很累。但是，我并没有理解父亲写这些交代材料时真正的心情。那时，我只顾自己的心情，觉得好委屈，埋怨自己为什么会摊上了这样一个父亲，却难以理解父亲的心情其实是更为复杂、更为疲惫不堪的。

现在回想，那时候，为了表现出和家庭已划清界限，还要做出一些决绝的举动，对父亲的伤害就更不知晓了。

记得有一次，我们大院里住的一个在新中国成立以前曾经当过舞女的女人，突然和我们大院的油盐店的少掌柜生下一个私生女，从不多言多语的父亲，在家里和我母亲悄悄地议论这事，说了句：“王婶也不容易，一个女人带着两个孩子，日子怎么过呀？”没有想到，他的话被我听到了，我当时就反驳他：“你站在什么立场说话？还王婶王婶地叫着？”父亲立刻什么话也不说了，像霜打的茄子，蔫蔫地待在一旁。那时候，我不懂得上一辈人的历史，也不懂得生活的艰难，只知道阶级的立场，只知道要时时刻刻睁大眼睛，警惕着和父亲划清界限。

父亲的棱角就这样渐渐被磨平。年轻时的不安分，本来就是摇曳在风中的一株弱小的稗草，更禁不住一阵又一阵风雨的洗礼了。而在这一番番的风雨中，父亲所要经受的，不仅来自时代和社会，也来自家庭，而在家庭中，主要是为了追求自己前途的我。

年轻的时候，谁没有过不安分的心思和性格呢？不安分，其实就是不安于现状，渴求一种新的生活。年轻的时候，谁不像一株迷途而不知返的蒲公英一样盲目而莽撞呢？我长大了以后，要去北大荒插队之前，曾经和父亲当年一样，没有和他商量，就那样毅然决然地离开了家，父亲当时什么话也没有说，他知道说什么也没有用，眼瞅着我从小牛皮箱里拿走户口本，跑到派出所注销了自己的户口。我离开家去东北的那天，父亲只是走出了家门，便止住脚步，连大院都没有走出来。他也没有对我说任何送别的话，只是默默地看着我离开了家。

现在想想，我就像父亲年轻时离开沧县老家跑到天津学织地毯一样，远方，总是比家更充满诱惑，以为人生的理想和前途在未知的远方。尽管成长的历史背景完全不同，父子各自的性格以及一生的轨迹，总会有相同的部分，命中注定一般地重合，就像父子的长相，总会有相像的某一点或几点。

后来，读北岛的《城门开》，书中最后一篇文章是《父亲》，文前有北岛题诗："你召唤我成为儿子，我追随你成为父亲。"文中写道："直到我成为父亲……回望父亲的人生道路，我辨认出自己的足迹，亦步亦趋，交错重合，——这一发现让我震惊。"读完这篇文章，我想起了我的父亲，眼泪禁不住打湿了眼睛。

2015年6月于北京

父亲的三件宝贝

我小时候亲眼看到，父亲有三件宝贝。这三件宝贝都挂在我家的墙上。

一件是一块瑞士英格牌的老怀表。父亲从来没有揣在怀里过，却一直挂在墙上当挂钟用。那时候，家里没有钟表，就用它来看时间。我和弟弟小时候常常会爬上椅子，踮着脚，把老怀表摘下来，放在耳朵边，听它嘀嘀嗒嗒的响声，觉得特别好玩。

一件是一幅陆润庠的字，字写的什么内容，一点儿印象都没有了，只是听父亲讲过，陆润庠是清朝的大学士，当过吏部尚书，是溥仪的老师。另一件是郎世宁画的狗，这个人是意大利人，跑到中国来，专门待在宫廷里画画。他画的狗是工笔画，装裱成立轴，有些旧损，画面已经起皱了，颜色也已经发暗，但狗身上的绒毛根根毕现，像真的一样，背景有树，枝叶茂密，画得很精细。

我不知道这两幅字画，父亲是怎样得来的，是什么时候得来的，从字画陈旧且保存不好的样子看，再从父亲喜爱又熟悉的样子看，应该年头不短了。

我猜想，父亲并不是为附庸风雅，或真的喜欢字画。他只是喜欢两幅字画的名气。值钱，使得这两幅字画的名气在父亲的眼睛里更形象化。父亲就是一个俗人。在一面墙皮暗淡甚至有些脱落的墙上，挂这样的字画，多少显得有些不伦不类。不过，这种不伦不类，让父亲暗暗自得。在税务局里所有20级每月拿70元工资而且始终也没有增长的同一类职员里，父亲是得意的，起码，他拥有陆润庠、郎世宁的作品，还有另一位，就是他的老乡——纪晓岚的作品。

墙上的这两件宝贝，常常是父亲向我和弟弟炫耀他学问的教材。同时，也是父亲借此教育我和弟弟的机会。父亲教育我们的理论就是人生在世要有本事，所谓艺不压身。不管什么本事都行，就是得有本事，像陆润庠不当官了，写一手好字，照样可以活得挺好；而郎世宁画一手好画，在意大利行，跑到中国来也行。父亲常会由此拔出萝卜带出泥，由陆润庠和郎世宁说出好多名人，比如，他会说，同样靠一张嘴，练出本事，陆春龄吹笛子，侯宝林说相声，都成为雄霸一方的能人。本事有大有小，小本事有小本事的场地，大本事有大本事的场地，就怕什么本事都没有，只有人家吃肉你喝汤了。

在我小的时候，父亲并不像我长大以后那样不怎么爱说话，而是话很多，用我妈的话说是一套一套的，也不怕人家烦。

在父亲的教育理论中，这种成名成家的思想很严重。我大一点儿的时候，曾经当面反驳过他，他并不以为然，反而问我:“不是成名成家，而是说本事大，对国家的贡献就大。你说说，到底是一个科学家对国家贡献大，还是一个农民对国家贡献大？”我回答不上来，觉得他讲的这些也有些道理：一个科学家造原子弹成功，对国家的贡献，当然比一个只种出几百斤几千斤粮食的农民要大。但是，在我长大以后，还是把小时候听到的父亲的这些言论当成了反面材料，写进我入团的思想汇报里，在那些思想汇报里，我对父亲进行了批判。

现在回想起来，父亲的这些言论，一方面潜移默化地激励我学习，另一方面又成为我进步的垫脚石。父亲的这些话，一方面成为开放在我学习上的花朵，另一方面又成为笼罩在我思想上的乌云。在那个年代里，我的内心其实是有些分裂的。在这样的分裂中，对父亲的亲情被蚕食；父亲的教育理论，作为批判的靶子，常常冷冰冰地矗立在面前，可以随时为我所用。

父亲教育我和弟弟的另一个理论，也曾经潜移默化地影响着我，那就是他常说的本事是刻苦练出来的。那时，他常说的口头语是:“要想人前显贵，就得背后受罪；吃得苦中苦，才能享得福中福；小时候吃窝头尖，长大以后做大官。”

如果我考试得了99分，父亲就会问我，你们班上有考100分的吗？我说有，父亲就会说，那你就得问问自己，为什么人家考了100分，你怎么就没有考100分？一定是哪些地方复习得不够，功夫没下到家！你就得再刻苦！

父亲教育我和弟弟的方法，就是不厌其烦。父亲的脾气很好，是个慢性子，砸姜磨蒜，一个道理，一句话，反复讲。有时候，我和弟弟都躺下睡觉了，他站在床边，还在一遍又一遍地讲，一直讲到我和弟弟都睡着了，他还在讲，发现我们睡了之后，才不得不停住嘴巴，替我们关上灯，走出屋子。

弟弟不怎么爱学习，就爱踢足球，父亲不像说我一样说他，觉得说也没有用，便由着弟弟的性子，让他踢足球。弟弟磨父亲给他买一双回力牌的球鞋，那是那个年代里最好的球鞋，一双鞋的价钱，比一双普通的力士鞋贵好多。父亲咬咬牙，还是给他买了一双。这对父亲来说，是不容易的，在我和弟弟的眼里，他从来是以抠门儿而著称的，很难让他从衣袋里掏出钱来。我读中学的时候，他每月只给我三元钱，买公共汽车月票就要两元，我便只剩下可怜巴巴的一元钱。过春节的时候，弟弟要买鞭炮，他会说："你买鞭炮，自己拿着香去点鞭炮，还害怕；你放炮，别人在一旁听响，所以，傻小子才买鞭炮放。"他有他的花钱的逻辑和说辞，我和弟弟常在背后说他是要饭的打官司——没的吃，总有的说。

从王府井北口八面槽的力生体育用品商店买回一双白色高帮回力牌的球鞋，弟弟像得了宝，穿在脚上，到处显摆。父亲对他说，给你买了这双鞋，是要你好好练习踢足球，不管学什么，既然学，就一定把它学好！对于我和弟弟，在我们渐渐长大了以后，父亲采取的教育策略也相应进行了调整和改变，他不再说那些大道理和口头语。说得好听一些，他是因材施教；说得通俗一些，就是什么虫就让它爬什么树。他认定了弟弟不是学习的料，既然喜欢踢球，就让他好好踢球吧，兴许也能踢出一片新天地。

弟弟没有辜负父亲给他买的那双回力牌球鞋，初一时，终于参加了先农坛业余体校的少年足球队。弟弟从业余体校回来，很兴奋地对父亲说，教练说了，我们练得好的，初中毕业就可以直接升入北京青年二队。父亲听了很高兴，鼓励他，把足球踢好也是本事，你看人家张宏根、史万春、年维泗，要好好练出人家一样的本事！

我家墙上的陆润庠和郎世宁的作品，就这样成了父亲教育我和弟弟的药引子，可以引出无数的说法，变着法儿来说明他的教育理论。

20世纪60年代，我读初中，父亲突然病了。那正是全国闹天灾人祸的时候，连年的灾荒，粮食一下子紧张起来，我家又有弟弟和我两个正长身体的男孩子，粮食就更不够吃，每个人每月定量，在我家，每顿饭要定量，要不到月底就揭不开锅。因此，每顿都吃不饱肚子。父亲和母亲都尽量省着吃，让我和弟弟吃，仍然解决不了问题。

有一天，父亲不知从哪里买来了好多豆腐渣，开始用豆腐渣包团子吃。团子，是用棒子面包着馅的一种吃食，类似包子。开始的时候，掺一些菜在豆腐渣里，还好咽进肚子里。后来，包的只是豆腐渣，那东西又粗粝又发酸，吃一顿两顿还行，天天吃，真有些受不了。可是，父亲却天天在吃豆腐渣，中午带的饭也是这玩意儿，最后吃得浑身浮肿，连脚面都肿得像水泡过的一样。单位给了一些补助，是一点儿黄豆。但是，这点儿黄豆，已经远远弥补不了父亲营养的严重欠缺，他开始半休。等他的身体稍稍恢复了以后，他的工作被调整了。

但是，父亲一直没有对我们说，他是怕我们为他担心，也是怕自己的脸面不好看。直到有一天，我发现父亲下班回来没骑他的那辆自行车，才发现了问题。原来，父亲把这辆自行车推进委托行卖掉了。

父亲的那辆自行车，就像侯宝林说的相声里那辆除了铃不响哪儿都响的破老爷车，一直是父亲的坐骑。父亲所在的税务局是在西四牌楼，从我家坐公共汽车，去一趟要五分钱的车费，来回一角钱，父亲的这个坐骑，可以每天为父亲省下这一角钱。现在，这个坐骑没有了，他要每天走着上下班了。大约就在这个时候，姐姐来了一封写得很长的信，家里一下子平地起了风波。姐姐想把我接到呼和浩特她那里上学，这样，家里少了一个人的开销，特别是我读中学之后，又想要买书，花费就更大一些，姐姐想用这样的方法，帮助父亲解决一些困难。

我不知道自己的命运会有怎样的变化，打内心里，我很想念姐姐，能够到呼和浩特去，就可以天天和姐姐在一起了。只是，离开北京，离开熟悉的学校和同学，我又有些舍不得。而且，到一个陌生的新学校去，又有些担忧，况且，我们的学校是一所百年老校，是北京市的十大重点中学之一，姐姐帮我选择的学校是他们铁路的子弟中学，教学质量肯定不如我们学校。我拿不定主意，就看父亲最后怎么决定了。

父亲没有同意，他没有像我这样瞻前顾后，他以果断的态度给姐姐回了一封信，不容置疑地回绝了姐姐的好意。这对于一辈子优柔寡断的父亲而言，是唯一一次毅然决然的决定。或许，这是父亲性格的另一面，在年轻时的军旅生涯中有所体现，只是那时还没有我，我不知道罢了。

父亲在给姐姐的信中说，他可以解决眼下的困难，他还是希望把我留在北京，以后在北京考大学，各方面的条件都会更好些。

姐姐没再坚持。其实，姐姐和父亲都是性格极其固执的人，如果不是固执，姐姐不会主意那么大，那么不听人劝，17岁时就独自一人跑到内蒙古，在风沙弥漫的京包铁路线上奔波了一生。当时，我猜想，姐姐一定明白，在父亲的心里，我的未来分量很重，亲眼看到我考上大学，是父亲一直的期待。姐姐也一定明白父亲的想法，因为她只读了小学四年级，便开始参加工作了，父亲一直笃信自己的教育水平，不会相信她，更不会放心把我交到她的手里。

在我长大以后，我的想法有了改变，我猜想，除了对姐姐的不信任和希望亲眼看到我考上大学之外，他的心里一定在想，已经把一个女儿送到塞外了，不能再把一个儿子也送到塞外。在父亲的眼里和懂得的历史中，尽管呼和浩特是一座城市，但毕竟无法和首都北京相比，怎么说，那里是昭君出塞的地方。

我留在了北京。父亲继续步行，从前门到西四上班。日子，似乎又恢复了平静。只是，粮食依然不够吃，每月月底，是最紧张的时候，面对两个正在长身体的男孩子，父亲和母亲常常面面相觑，一筹莫展。

没有过多久，我发现墙上的那块英格牌的怀表也没有了。

又没过多久，墙上的陆润庠的字和郎世宁的狗，也都没有了。

我知道，它们都被父亲卖给了委托行。那时，我妈吐血，为给我妈治病，也为治他自己的浮肿，要买一些黑市上的高价食品，父亲不得不卖掉了他仅有的三件宝贝。

我知道，父亲是希望用这样的方法，补我妈的身体，更为挽救自己江河日下的身体，以便能尽快恢复原来的工作。

可是，这三件宝贝没有挽救得了父亲的身体。黄鼠狼单咬病鸭子，他的身体状况下滑得厉害，而且，又患上了高血压。税务局让他提前退休了。那一年，他57岁，离退休还有3年。

退休那一天，我去税务局接父亲，顺便帮助他拿一些东西。我才发现，他被调整的工作，不再是税务，而是税务局下属的第三产业，生产胶木产品的一个小工厂。在税务局旁边胡同里的一个昏暗的车间里，我找到了父亲，他正系着围裙，戴着一副白线手套挑胶木做的电源开关。听见同事叫他的名字，他抬起头来看见了我，站了起来，和同事打过招呼之后，和我一起走出车间。我能感受到，车间里几乎所有的人的目光都落在我和父亲的身上。我不清楚那些目光的含义，是替父亲惋惜、悲伤，还是有些幸灾乐祸？

那一天，我和父亲从西四一直走到前门，一路上，我和父亲什么话也没有说，就这么默默地走在车水马龙的大街上，想象着从新中国成立以后他一直是骑着自行车上班下班来往于这条大街上的。现在，工作没有了，自行车也没有了。我知道，父亲的心里一定很痛苦，他一定没有想到他自己会以这样的一种方式，告别了工作，提前进入了拿国家养老金的人的行列。他一定不甘心，又一定很无奈。

我一直在想，按照父亲的教育理论，他这一辈子算是有本事的呢，还是没有本事的呢？如果说没有本事，父亲是凭着初小的文化水平，靠着自己的努力，从国民政府到新中国成立以来，一直是胜任这一份工作的。如果说有本事，他却最后沦落到做胶木电源开关的地步，和他原来所学所干的工作相去甚远。他是被身体打败的呢，还是由于身体的原因而被单位借此顺坡赶驴一样赶下了山？父亲从来没有和我谈论过这些，而在那个年代，我也没有能力思考这一切，相反觉得让父亲提前退休，是组织对他的格外照顾。

很久以后，也就是父亲去世之后，税务局的工会派来一位老人来家里进行慰问。因为这位老人在税务局工作的年头很长，曾经和父亲一起共事，对父亲有所了解。他对我说起父亲，说父亲脾气倔，工作认死理，他去人家单位收税的时候，据理力争，虽然得罪人，但是总能把税给收上来。

父亲退休以后，开始练习气功和太极拳，他做事有定力和恒心。那时候，因为父亲提前退休，每月只能拿60%的工资，42元钱，家里的生活一下子变得更加拮据，便把原来的三间住房让出一间，节省一些房租。家里就剩下两间屋子，清晨，是父亲练太极拳的时候；晚上，是父亲练气功的时候。雷打不动，无论什么情况，他都能坚持，特别是晚上，无论我和弟弟在外屋复习功课或说笑打闹有多吵多乱，他都会一个人在里屋练气功，站桩一动不动。

父亲的举动，让我很受触动。不仅是由于他的耐性和坚持，更是由于他的提前退休，让家里的日子变得更加艰难。我本想读高中将来考大学的，在初中即将毕业的时候，把这个念头打消了，想考一所中专或师范学校，上学可以免去学费，又能管吃住，帮助家里解决一点儿负担。父亲知道后，坚决不同意，说："砸锅卖铁也要供你上大学。你弟弟不爱读书也就算了，你学习成绩一直不错，绝不能因为我耽误了你！"

姐姐知道了这些，每月从她的工资里拿出30元寄来，说是补齐父亲退休前的工资，一定要我读高中，考大学。

当我如愿考上了理想的高中，父亲多日阴云笼罩的脸上露出了笑容。

读高中的时候，我迷上了文学。我常常在星期天逛旧书店。那时候，北京几家有名的旧书店，琉璃厂、东安市场、隆福寺、西单商场……我都去过。西四的旧书店，也是我常去的地方。父亲工作过的税务局，就在书店旁边，路过税务局大门的时候，我就想起父亲，想起父亲退休的那一天我来接父亲的情景，心里总会涌出一种酸楚的感觉。我都会暗暗地想，一定要好好读书，考上一所好大学，为父亲的脸面争光。

我儿子读高中的时候，我曾经带着他到西四一趟，西四牌楼早就没有了，过西四新华书店不远，税务局还在，大门依旧。我指着这扇大门对儿子说："你爷爷以前就在这里工作。"

2016年春节于布鲁明顿

清明忆

好多童年的事情，过去了那么多年，却依然恍若眼前，连一些细枝末节都记得特别清楚。记得父亲为我买的第一支笛子，是一角二分钱；买的第一本《少年文艺》，是一角七分钱；买的第一把京胡，是两元二角钱……那时候，家里生活不富裕，一家五口全靠父亲微薄的薪水维持，为了给我买这些东西，父亲掏出这些钱来，是咬着牙的。因为那时买一斤棒子面才几分钱，花这么多钱买这些东西，特别是花两块多钱买一把胡琴，显得有些奢侈。

读初二的那一年，我爱上了读书，尤其是从同学那里借了一本《千家诗》之后，我对古诗更是着迷。那时候，我家住在前门，离大栅栏不远，大栅栏路北有一家挺大的新华书店，我常常在放学之后到那里看书。多次翻看，从那书架上琳琅满目的唐诗宋词里，我看中四本，最为心仪，总是爱不释手，拿起来，又放下，恋恋不舍。一本是复旦大学中文系编选的《李白诗选》，一本是冯至编选的《杜甫诗选》，一本是游国恩编选的《陆游诗选》，一本是胡云翼编选的《宋词选》。

每一次，翻完这4本书后，总要忍不住看看书后面的定价，《李白诗选》定价是一元零五分，《杜甫诗选》定价是七角五分，《陆游诗选》定价是八角，《宋词选》定价是一元三角。4本书价格加起来，总共要小5元钱呢。那时候的5元钱，正好是我上学在学校里的一个月午饭的费用。每一次看完书后面的定价，心里都隐隐地叹口气，这么多钱，向父亲要，父亲不会答应的。所以，每次翻完书，心里都对自己说，算了，不买了，到学校借吧。可是，每次到新华书店里来，总忍不住还要踮着脚，把这四本书从书架上拿下来，总忍不住翻完书后还要看看后面的定价，似乎希望这一次看到的定价，会比上一次看到的要便宜了似的。

那时候，姐姐为了帮助父亲分担家里的负担，17岁就去了内蒙古包头，到正在新建的京包铁路线上工作，从她的工资里拿出大部分，开始每月给家里寄30元钱。那一天放学之后，母亲刚刚从邮局里取回姐姐寄来的30元钱，我清清楚楚地看见母亲把那6张5元钱的票子，放进了我家装“金银细软”的小箱子里。母亲出去之后，我立刻打开小箱子，从那6张票子里抽出一张，揣进衣兜，飞也似的跑出家门，跑到大栅栏，跑进新华书店，不由分说地，几乎是比售货员还要业务熟练地从书架上抽出那4本书，交到柜台上，然后从衣兜里掏出那张5元钱的票子，骄傲地买下了那4本书。终于，李白、杜甫和陆游，还有宋代那么多有名的词人，都属于我了，可以天天陪伴我一起吟风弄月、说山论河了。

回到家，我放下那4本书，心里非常高兴，就跑去胡同里和小伙伴们玩了。黄昏的时候，看见刚下班的父亲一脸铁青地向我走来，然后把我领回家，回到家，把我摁在床板上，用鞋底子打了我屁股一顿。我没有反抗，没有哭，什么话也没有说，因为我一眼看到了床头上放着那4本书，知道父亲一定知道了小箱子里少了的一张5元钱是干什么用了。我知道是我错了，我不该心血来潮私自拿钱去买书，5元钱对于一个贫寒家庭的日子来说是个不小的数目。

挨完打后，我没有吃饭，拿着那4本书，跑回大栅栏的新华书店，好说歹说，求人家退了书。我把拿回来的钱放在父亲的面前，父亲抬头看了我一眼，什么话也没有说。

第二天晚上，父亲回来晚了，天完全黑了下来。母亲已经把饭菜盛好，放在桌子上，我们一家正等他吃饭。父亲坐在饭桌前，没有先端饭碗，而是从他的破提包里拿出了几本书，我一眼就看见，就是那4本书，《李白诗选》《杜甫诗选》《陆游诗选》和《宋词选》。父亲对我说："爱看书是好事，我不是不让你买书，是不让你私自拿家里的钱。"

将近50年的光阴过去了，我还记得父亲讲过的这句话和讲这句话的样子。那4本书，跟随我从北京到北大荒，又从北大荒到北京，几经颠簸，几经搬家，一直都还在我的身旁。大栅栏里的那家新华书店，奇迹般地也还在那里。一切都好像还和童年时一样，只是父亲已经去世38年了。

2011年清明节前夕写于北京

娘的四扇屏

这一次来呼和浩特姐姐家，发现客厅的墙上多了两幅国画，一幅是童子和牛，一幅是展翅的飞鹰，都被装裱成立轴，尤其是牵牛的两个古代童子，面容清纯，憨态可掬，很不错。一问，才知道是姐姐的大女儿退休之后上老年大学学的。然后，姐姐说："这点随咱娘，咱娘手就巧，能描会画。"说着她指指客厅的另面墙，对我说："你看，那就是咱娘绣的。"

我一看，墙上挂着四扇屏。屏中是四面关于四季内容的传统丝绣，一看年代就够久远了，缎面已经显旧，颜色有些暗淡。但是，丝线的质量很好，依然透着光泽，比一般的墨色和油画色还能保鲜。

《春》绣的是凤凰戏牡丹。牡丹的枝叶，像被风吹动，蜿蜒伸展自如，柔若无骨；有趣的是凤凰凌空展翅，多情又有些俏皮地伸着嘴，衔着牡丹上面探出的一根枝条，像是用力要把这一株牡丹都衔走，飞上天空。右上方用红丝线绣着两行小字：牡丹古人称花王。

《夏》绣的是映日荷花。绿绿的荷叶亭亭，粉红色的荷花格外婀娜，还横刺出一枝绿莲蓬。荷花上有一只蜜蜂飞舞，水草中有一只螃蟹弄水，有意思的是，最下面的浪花全绣成了红色。右上方也是用红丝线绣着两行小字：夏月荷花阵阵香。

《秋》绣的是菊花烹酒。没有酒，只有一大一小，一上一下，两朵金菊盛开，几个花骨朵点缀其间，颜色很跳跃。上面还有一只蝴蝶在花叶间翻飞，下面有一只七星瓢虫，倒挂金钟般挂在花枝下，像荡秋千。最底下的水里，有一条大眼睛的游鱼，还有一只探出触角来的小蜗牛，充满童趣。左上方用墨绿色的丝线绣着两行小字：菊花烹酒月中香。

《冬》绣的是传统的喜鹊登梅。五瓣梅花，绣成了粉红色、淡紫色和豆青色，点点未开的梅萼，红的，粉的，深浅不一，散落在疏枝之间，如小星星一样闪闪烁烁。喜鹊的长尾巴绣成紫色，翅膀黑色的羽毛下藏着几缕苹果绿，肚皮绣成了蛋青色。最下面的几块镂空的上水石，则被完全抽象化，绣成五彩斑斓的绣球模样了。依然是为了左右对称，在左上方用墨绿色的丝线绣着两行小字：梅萼出放人咸爱。

绣得真是清秀可爱。心里暗想，或许是“出”字绣错了，应该是“初”字。我知道娘的文化水平不高，好多字是结婚以后父亲教她的。

我问姐姐：“这个四扇屏，以前我来过你家那么多次，怎么从来没有见过？”

姐姐说，这也是前些日子她刚拿出来的，然后做了4个框，才挂在墙上的。然后，姐姐又告诉我，这是娘做姑娘时候绣的呢。

姐姐从来称母亲作娘。或是母亲去世后，父亲从老家为我和弟弟娶回继母的缘故吧，为了区别，我们都管继母叫妈，管生母叫娘。

我是第一次见到我娘的这个四扇屏。我娘死得早，37岁就突然病故，那一年，我才5岁。在这之前，我没有见过娘留下的任何遗物。在家里，只存有娘的一张照片，那是葬礼上的一幅遗照，成为联系我和娘生命与情感的唯一凭证。

说实在的，由于那时候年龄小，在我的脑海和记忆里，关于娘的印象是极其模糊的。突然见到这四扇屏，心里有些激动，禁不住贴近墙面，想仔细看，忽然有种感觉，好像不知是这面墙热，还是四扇屏有了热度，一下子觉得有了一种温暖的感觉，好像就贴在娘的身边。

这面墙正对着阳台的玻璃窗，四扇屏上反光很厉害，跳跃着的光点，晃着我的泪花闪烁的眼睛，一时光斑碰撞在一起，斑驳迷离。春夏秋冬的风景，仿佛晃动交错在一起，很多记忆，蜂拥而至，随四季变换而缤纷起来。而且，本来早已经模糊的娘的影子，似乎也在四扇屏上清晰地浮现出来。

从北京来呼和浩特之前，我已经在心里算过了，如果娘活着，今年整整100岁。我对姐姐说了这话之后，姐姐一愣，然后说："可不是怎么着，娘20岁生下的我。我今年都80岁了。"说完，姐姐又望望墙上的四扇屏。她没有想到娘的100岁，却正好赶上了娘的100岁。不是心里的情分，不是命运的缘分，又是什么？

亏了姐姐心细，将这个四扇屏珍藏了这么多年。而这么多年，不要说经历了抗战和内战中的颠沛流离，就是"文化大革命"的"破四旧"运动，也够姐姐受的了。四扇屏是娘留下来唯一的遗物了。我才忽然发现，遗物对于人尤其是亲人的价值。它不仅是留给后人的一点儿仅存的念想，同时也是情感传递和复活的见证。

我想起去年夏天曾经读过徐渭的一首七绝诗，当时觉得写得好，抄了下来：

箧里残花色尚明，
分明世事隔前生。
坐来不觉西窗暗，
飞尽寒梅雪未晴。

这是诗人写给亡妻的，看到箧里妻子旧衣上的残花而心生的感受与感喟，却是和我此时的心情那样相同。有时候，真的会有冥冥之中的心灵感应，莫非去年此时，徐渭的诗就已经昭示了今天我要像他在偶然之间看到亡妻的遗物一样，在突然之间和娘的遗物相遇？让相隔世事的前生，特别是在娘100岁的时候和我有一次意外的邂逅？

只是，和姐姐相对而坐，面临的不是西窗，而是南窗；飞落的不是梅花和雪花，而是一春以来难得的潇潇细雨。

我想，娘一定在四扇屏上看着我们。那上面有她绣的牡丹、荷花、菊花和梅花，簇拥着她，也簇拥着我们。

2015年6月4日记于呼和浩特细雨中

未上锁的皮箱

童年和少年，是永远回忆不完的，像是永远挖不平的大山。

那时，我们因节节拔高而常常看不起目不识丁的妈妈，常常会在不知不觉中忘记了她的存在。当一切过去了，才会看清楚过去的一切，如同潮水退后的石粒一般，格外清晰地显露出来。

小学高年级，我的自尊心，其实是虚荣心，突然胀胀的，像爱面子的小姑娘。妈妈没文化，针线活做得也不拿手，针脚粗粗拉拉的。从她来以后，我和弟弟的衣服、鞋都是她来做。衣服做得像农村孩子穿的，但洗得干干净净。这时候，我开始嫌那对襟小褂土，嫌那前面没有开口的缅裆裤太寒碜，嫌那踢死牛的棉鞋没有五眼可以系带……我开始磨妈妈磨爸爸给我买商店里卖的衣服穿。这居然没有伤了她的心，她反倒高兴地说："孩子长大了，长大了！"然后，她带我们到前门外的大栅栏去买衣服。上了中学以后，她总是把钱给我，由我自己去挑着买。而她只是在衣服的扣子掉了的时候帮我补上，衣服脏的时候在那大瓦盆里洗不完地洗。

我甚至开始害怕学校开家长会，怕妈妈踩着小脚去，怕别人笑话我。我会千方百计地不要她去，让爸爸参加。如果实在没有办法，她必须去，我会在开会前害羞得很，会后又会臊不嗒嗒的，仿佛很丢人。前后几天，心都紧张得很，皱巴巴的，怎么也熨不平。其实，她去学校开家长会的机会很少，但我仍然害怕，我实在不愿意她出现在我们学校里。反正，那时我真够浑的。

一年暑假，我磨着要到内蒙古看姐姐。爸爸被我折磨得没办法，只好答应了。听说学校开张证明，便可以买张半价的学生火车票。爸爸去了趟学校，碰壁而归。校长说学生只有去探望父母才可以买半价学生票，看姐姐不行。我知道那位脸总是像刷着糨糊一样绷得紧紧的校长，他说出的话从来都是钉天的星。我们谁见了他都像耗子见了猫一样，躲得远远的。

妈妈说："我去试试！"

我不抱什么希望，果然她也是碰壁而归。不过她不是就此罢休，接着再去，接着碰壁。我记不清她究竟几进几出学校了。总之，一天晚上，她去学校很晚没回家，爸爸着急了，让我去找。我跑到学校，所有办公室都黑洞洞的，只有校长室里亮着灯。我走到校长室门边，没敢进去。平日，我从没进过校长室。只有那些违反校规、犯了错误的同学才会被叫进去挨训。我在门口听听里面有什么动静，没有，什么动静也没有。莫非没人？妈妈不在这里？再听听，还是没有一点儿声响。我扒在窗户缝瞅了瞅，校长在，妈妈也在。两人演的是什么哑剧？

我不敢进去，也不敢走，坐在门口的石阶上等。不知过了多长时间，校长的声音吓了我一跳：“大妈！我算服了您了！给您，证明！我可是还没吃饭呢！”接着就听见椅子响和脚步声，吓得我赶紧兔子一样跑走，一直跑出学校大门。我站在离校门口不远的路灯下，等妈妈出来，老远就看见她手里攥着一张纸，不用说，那就是证明。

她走过来，我叫了一声：“妈！”愣愣的，吓了她一跳，一见是我，把证明递给我：“明儿赶紧买火车票去吧！”

回家的路上，我问她：“您用什么法子开的证明呀？”我觉得她能把那么厉害的校长磨得好说话了，一定有高招儿。

她微微一笑：“哪儿有啥法子！我磨姜捣蒜就是一句话，复兴就这么一个亲姐姐，除了姐姐还探啥亲？不给开探亲证明是哪个道理？校长不给开，我就不走。他学问大，拿我一个老婆子有啥法子！”

“妈！您还真行！”

说这话，我的脸好红。我不是最怕妈妈去学校吗？好像她会给我丢多大脸一样。可是，今天要不是她去学校，证明能开回来吗？

虚荣心伴我长大。当浅薄的虚荣一天天减少，我才像虫子蜕皮一样渐渐长大成人。而那时候，我懂得多少呢？在我心的天平上，一头是妈妈，一头却是姐姐。尽管妈妈为我付出了那样多，我依然有时忘记了妈妈的情意，而把天平倾斜在姐姐的一边。莫非血脉中某种遗传因子在作怪吗？还是心中藏有太多的自私？

大约在小学六年级那一年，我做了一件错事。姐姐逢年过节都要往家里寄点儿钱。那一次，姐姐寄来30元。爸爸把钱放进一个牛皮小箱里。那箱子是我家最宝贵的东西，所有的“金银细软”都装在里面。那所谓的“金银细软”，无非是爸爸每月领来的70元工资，全家的粮票、油票、布票之类。我一直顽固地认为：姐姐寄来的钱就是给我和弟弟的。如果没有我和弟弟，她是不会寄钱来的。爸爸上班后，我趁妈妈不在家的时候，走近那棕色的小牛皮箱。箱子上只有一个铜吊镣，没有锁头，轻轻一掀，箱盖就打开了。我记得挺清楚，5元一张的票子共六张，躺在箱里，我抽走一张跑出了屋。那时，我迷上了文学，尤其是古典诗词。我从同学手里借了一本《千家诗》，全都抄了下来，觉得不过瘾，想再看看新的。手中有5元钱一张“咔咔”直响的票子，我径直跑往大栅栏的新华书店。那时5元钱真禁花，我买了一本《宋词选》、一本《杜甫诗选》、一本《李白诗选》、一本《陆游诗选》，还剩一元多零钱。捧着这4本书，我像个得胜回朝的将军得意扬扬回到家，一看家里没人，把书放下便跑到出租小人书的书铺，用剩下的钱美美地借了一摞书。我忘记了，那时5元钱对于一个每月只有70元收入的家庭意味着什么。那并不是一个小数字。

我正读得津津有味，爸爸突然走进书铺。我这才意识到天已经暗了下来。发现爸爸一脸怒气，叫我立刻跟他回家。一路上，他走在前面，我跟在后面，活像犯了错的小狗，耷拉着耳朵垂着尾巴。我知道大事不好。果然，刚进家门，爸爸便忍不住，把我一把摁在床上，抄起鞋底子狠狠地打在我的屁股上。爸爸什么话也不讲。我不哭，也没有叫。我和爸爸都心照不宣，我心里却在喊：“姐姐！姐姐！你寄来的钱是给谁的？是给我的！我的！”

这是我生平头一次挨打，也是唯一一次。

妈妈就站在旁边。她一句话也没说，就那么看着，不上来劝一劝，一直看着爸爸打完了我为止。

吃饭时，谁也不讲话，默默地吃，只听见嚼饭的声音，显得很响。妈妈先吃完饭，给爸爸准备明天上班带的饭，其实我天天看得见，但仿佛这一天才看清楚：只是两个窝头、一点儿炒土豆片而已。爸爸每天就吃这个。大冬天，刮多大风、下多大雪，也要骑车去，不肯花5分钱坐车，我却像大爷一样把5元钱大把大把地花。我忽然感到很对不起爸爸，觉得是我错了，我活该挨打。妈妈不劝也是对的，为的是我长个记性。

饭后，爸爸叮嘱妈妈：“明儿买把锁，把小箱子锁上！”

第二天，那个棕色小皮箱没有上锁。

第三天，妈妈仍然没有锁上它。

在以后的岁月里，那箱子对我始终没有上锁。为此，我永远感谢妈妈。那是一位母亲对一个犯错误的孩子的信任。对于儿子，只有母亲才会把自己的一切向他敞开着……

1989年年底于北京

窗前的母亲

在家里，母亲最爱待的地方就是窗前。

自从搬进楼房，母亲很少下楼，我们都嘱咐她，她自己也格外注意，知道楼层高楼梯又陡，自己老了，腿脚不利落，磕着碰着，给孩子添麻烦。每天，我们在家的时候，她和我们一起忙活着家务，脚不识闲儿，我们一上班，孩子一上学，家里只剩下她一个人，没什么事情可干，大部分的时间，她就待在窗前。

那时，母亲的房间，一张床紧靠着窗子，那扇朝南的窗子很大，几乎占了一面墙，母亲坐在床上，靠着被子，窗前的一切就一览无余。阳光总是那样灿烂，透过窗子，照得母亲全身暖洋洋的，母亲就像一株向日葵似的特别爱追着太阳烤着，让身子有一种暖烘烘的感觉。有时候，不知不觉地就倚在被子上睡着了。一个盹打过来，睁开眼睛，她会接着望着窗外。

窗外有一条还没有完全修好的马路，马路的对面是一片工地，恐龙似的脚手架，簇拥着正在盖起的楼房，切割着那时湛蓝的天空，遮挡住了更远的视线。由于马路没有完全修好，来往的车辆不多，人也很少，窗前大部分时间是安静的，只有太阳在悄悄地移动着，从窗子的一边移到了另一边，然后移到了窗后面，留给母亲一片阴凉。

我们回家，只要走到了楼前，抬头望一下家里的那扇窗子，就能够看见母亲的身影，窗子开着的时候，母亲花白的头发会迎风摆动，窗框就像一个恰到好处的画框。等我们爬上楼梯，不等掏出门钥匙，门已经开了，母亲站在门口。不用说，就在我们在楼下看见母亲的时候，母亲也望见了我们。那时候，我们出门永远不怕忘记带房门的钥匙，有母亲在窗前守候着，门后面总会有一张温暖的脸庞。即使是晚上很晚回家，楼下已经是一片黑乎乎的了，在窗前的母亲也能看见我们。其实，她早已老眼昏花，不过是凭感觉而已，不过，那感觉从来都“十拿九稳”，她总是那样及时地出现在家门的后面，替我们早早地打开了门。

母亲最大的乐趣，是对我们讲她这一天在窗前看见的新闻。她会告诉我们今天马路上开过来的汽车比往常多了几辆，今天对面的路边卸下好多的沙子，今天咱们这边的马路边栽了小树苗，今天她的小孙子放学和同学一前一后追赶着，跟风似的呼呼地跑，今天还有几只麻雀落在咱家的窗台上……都是些平淡无奇的小事，但她有枣一棍子没枣一棒子地讲起来还挺津津有味。

母亲不爱看电视，总说她看不懂那玩意儿，但她看得懂窗前这一切，这一切都像是放电影似的，演着重复的和不重复的琐琐碎碎的故事，维系着她和外界的联系，也维系着她和我们的联系。有时候，望着窗前的一切，她会生出一些东一榔头西一棒子的联想，大多是些陈年往事，不是过去住平房时的陈芝麻烂谷子，就是她年轻时在农村老家的回忆。听母亲讲述这些八竿子都打不着的事情的时候，让我感到岁月的流逝，人生的沧桑，就这样在她的眼睛里和窗前闪现着。有时候，我偶尔会想，要是把母亲这些讲述都写下来，才是真正的意识流。

母亲在这个新楼里一共住了5年。母亲去世以后，好长一段时间，我出门总是忘记带钥匙。而每一次回家走到楼下的时候，总是习惯性望望楼上家的窗前，空荡荡的窗前，像是没有了画幅的一个镜框，像是没有了牙齿的一张瘪嘴。这时，我才明白那5年时光里窗前曾经闪现的母亲的身影，对我们来说是多么珍贵而温馨；才明白窗前有母亲的回忆，也有我们的回忆；也才明白窗前该落下并留下了母亲多少企盼的日光。

当然，我就更明白了：只要母亲在，家里的窗前就会有母亲的身影。那是每个家庭里无声却动人的一幅画。

1986年春于北京

姐　姐

这个世界上最先让我感觉到至为圣洁而宽厚的爱，而值得好好活下去的，一个是母亲，一个是姐姐。

一

年轻时，姐姐很漂亮，只是脾气不好，这一点儿随娘。在我和弟弟落生的时候，娘就把姐姐赶出家门到远远的城外去，说她命硬，会冲了我们降生的喜气。我和弟弟都是姐姐带大的，只要我们一哭，娘常常不分青红皂白先把姐姐骂上一顿，或者打上几下。可以说，为了我和弟弟，姐姐没少受气，脾气渐渐变得躁并且格外拧。

可是，姐姐从来没对我和弟弟发过一次脾气。即使现在我们已经长大成人，在她眼里依然还像依偎在她怀中的小孩。

姐姐的脾气使得她主意格外大，什么事都敢自己做主。娘去世的那一年，她偷偷报名去了内蒙古。那时，正修京包铁路线，需要人。家里的生活也越发拮据，娘去世后一大笔亏空，父亲瘦削的肩已力不可支。出发前，姐姐特地在大栅栏为我和弟弟买了白力士鞋，算是再为娘戴一次孝，带我们到劝业场照了张照片。带着这张照片，姐姐走了，独自一人走向风沙弥漫的内蒙古，虽未有昭君出塞那样重大的责任，但一样心事重重地为了我们而离开了北京。我和弟弟过早尝到了离别的滋味，它使我们过早品尝人生的苍凉而早熟。从此，火车站灯光凄迷的月台，便和我们命运相交无法分割。

那一年，姐姐17岁。

第二年，姐姐结婚了。她再一次自作主张让父亲很是惊奇却又无奈。春节前夕，她和姐夫从内蒙古回到北京，然后回姐夫的家乡河北任丘。姐夫就是从那里怀揣着一本孙犁的《白洋淀纪事》参加革命的，他脾气很好，正好和姐姐形成了鲜明的对比。

以后，我和弟弟便盼姐姐回来。因为每次姐姐回来，都会给我们带回许多好吃的、好玩的。我们还是不懂事的小馋猫呀！记得三年困难时期，姐姐到武汉出差，想买些香蕉带给我们，跑遍武汉三镇，只买回两挂芭蕉。那是我第一次吃芭蕉，短短的，粗粗的，口感虽没有香蕉细腻，却让我难忘。望着我和弟弟贪婪地吃着芭蕉的样子，姐姐悄悄落泪。那时，我不明白姐姐为什么要落泪。

那一次，姐姐和姐夫一起回北京，看见我和弟弟如狼似虎贪吃的样子，没说什么。那时正是我们长身体的时候，肚子却空空的像无底洞，家里粮食总是不够吃……父亲念叨着。姐姐掏出一些全国粮票给父亲，第二天一清早便和姐夫早早去前门大街全聚德烤鸭店排队。那时，排队的人多得不亚于现在办出国签证的人。我不知道姐姐、姐夫排了多长时间的队，当我和弟弟放学回家时，见到桌上已经摆放着烤鸭和薄饼。那是我们第一次吃烤鸭，以为那该是世界上最好吃的东西了。望着我们一嘴油一手油可笑的样子，姐姐苦涩地笑了。

盼望姐姐回家，成了我和弟弟重要的生活内容。于是，我们尝到了思念的滋味。思念有时是很苦的，却让我们的情感丰富而成熟起来。

姐姐生了孩子以后，回家探亲的日子越来越少。她便常寄些钱来，父亲拿这些钱照样可以买各种各样的东西给我们，我却感到越发思念姐姐了。我们盼望姐姐归来已经不仅仅为了馋嘴，一种浓浓的依恋的情感已经长成枝繁叶茂的大树，即使无风依然要婆娑摇曳。

终于，又盼到姐姐回来了，领着她的女儿。好日子太不禁过，像块糖越化越小，即使再精心地含着。既然已经是渴望中的重逢，命中必有一别。姐姐说什么也不要我和弟弟送，因为姐姐来的第二天，举行少先队宣传活动，我逃了活动挨了大队辅导员的批评。那一天中午，姐姐带我们到家附近的鲜鱼口联友照相馆。照相前，由于她没带眉笔，就划着几根火柴，用火柴上燃烧后的可怜的一点点如笔尖上点金一样的炭，分别在我和弟弟眉毛上描了描，想把我们打扮得漂亮些。照完相回到家整理好行装，我和弟弟送姐姐她们娘俩儿到大院门口，姐姐便不让送了，执意自己上火车站，走了几步，回头看我们还站在那里，便招招手说："快回去上学吧！"我和弟弟谁也没动，谁也没说话，就那样呆呆地站着望着姐姐的身影消失在胡同尽头。当我们看到姐姐真的走了，一去不返了，才感到那样悲恸，依依难舍又无可奈何。我和弟弟悄悄回到大院，一时不敢回家，一人伏在一棵丁香树上默默地擦眼泪。

我们不知在那里站了多久，一直到一种梦一样的声音突然在耳边响起，抬头一看，竟不敢相信：姐姐领着女儿再次出现在我们的面前，仿佛她早已料到会有这样的场面一样。她摸摸我们的头说："我今儿不走了！你们快上学去吧！"我们破涕为笑。那一天过得格外长！我真希望它能够永远"定格"！

二

在一次次分离与重逢中，我和弟弟长大了。1967年年底，弟弟不满17岁，像姐姐当年赴内蒙古一样自作主张报名去青海支援三线建设，一腔天涯何处无芳草的慷慨豪壮。姐姐以为他去西宁一定要走京包线，就在呼和浩特铁路站一连等了他三天。姐姐等不及了，一脚踏上火车直奔北京，弟弟却已走郑州直插陇海线，远走高飞了。姐姐不胜悲恸，把原本带给弟弟的棉衣给了我，又带我跑到前门买了顶皮帽，仿佛她已经有了我也要走的先见之明一样。我只是把她本来送弟弟的那一份挚爱与牵挂统统收下了。执手相对，无语凝噎，我才知道弟弟这次没有告别的分手，对姐姐的刺激是多么大。天涯羁旅，茫茫戈壁，会时时跳跃着姐姐一颗不安的心。

就在姐姐临走那天夜里，我隐隐听到一阵微微的哭泣声，禁不住惊醒一看，姐姐正伏在床上，为我赶缝一件棉坎肩。那是用她的一件外衣做面、衬衣做里的坎肩。泪花迷住她的眼，她不时要用手背擦擦，不时拆下缝歪的针脚重新抖起沾满棉絮的针线……

我不敢惊动她，藏在棉被里不敢动窝，眯着眼悄悄看她缝衣、掉泪。一直到她缝完，轻轻地将棉坎肩放在我的枕边，转身要离去的时候，我怎么也忍不住了，一把伸出手，紧紧抓住她的胳膊。我本以为我一定控制不住，会大哭起来，可我竟一声没哭，只是一句话也说不出来，喉咙和胸腔里像有一股火在冲，在拱，在涌动……

我就是穿着姐姐亲手缝制的棉坎肩，带着她买的棉衣、皮帽以及绵绵无尽的情意和牵挂，踏上北去的列车到北大荒去的。那是弟弟走后不到一年的事。从此，我们姐弟仨一个在东北、一个在西北、一个在内蒙古，离得那么远那么远，仿佛都到了天尽头。我知道以往月台凄迷灯光下含泪的别离，即使是痛苦的，也难再有了，这样的场景只会留在我们各自迷蒙的梦中。

我和弟弟两个男子汉把业已年老的父亲孤零零留在北京。就在我离开家不久，父亲被人赶至两间破旧、矮小的屋子里，原因是我家我和弟弟两个大活人走了，用不着那么大的空间，外加父亲曾是国民党军需官。老实又胆小的父亲便把家乖乖迁徙到那两间小黑屋中。最可气的是窗户跟前还有一个自来水龙头，全院人喝水洗涮全仰仗它，每天从早到晚的吵闹声使人无法休息，而且水洇得全屋地面湿漉漉的，爬满潮虫。

就在这一年元旦前夕，姐姐、姐夫来到北京开会。他们本可以住到招待所，可看到家颓败到这副模样，老人孤零零如风中残烛，便没有住在别处，而在这湿漉漉、黑漆漆的小屋过夜，陪伴、安慰着父亲孤寂的心。这就是我和弟弟甩给姐姐的家。那一夜，查户口的突然不期而至，是为了给父亲要要威风看的。姐姐首先爬起床，气愤得很。查户口的厉声问："你是什么人？"姐姐嗓门儿一向很大："我是他女儿。"又问姐夫："你呢？"姐夫掏出工作证，不说一句话，他太清楚这些人的嘴脸，果然，他们客气地退去了。那工作证上写着"中共党员、呼和浩特铁路局监委书记"。

姐姐、姐夫走的那一天清早，买了许多元宵，煮熟了吃时，姐姐、姐夫和父亲却谁也吃不下。元宵本该在团圆之际吃，而我和弟弟却远走天涯。她回内蒙古后不时给父亲寄些钱来，其实那本该是我和弟弟的责任。姐姐也常给我和弟弟分别寄些衣物食品，她把她的以及我们远逝的那一份母爱一并密密缝进包裹之中，而她只要我们常常给她写信、寄照片。

当我有一次颇为自得地写信告诉她我能扛起90公斤重的大豆踩着颤悠悠三级跳板入囤时，姐姐吓坏了，写信告诉我她一夜未睡，叮嘱我一定小心，千万别跌下来，让姐一辈子难得安宁。

又一次她看见我寄去的照片，穿着临走时她给我的那件已经破得不成样子的棉衣，补着我那针脚粗粗拉拉实在难看的补丁，又腰扎一根草绳时，她哭了，哭得那样伤心，以至姐夫不知该怎么劝才好……

当我像只飞得疲倦的鸟又飞回北京，北京没有如当年扯旗放炮欢送我一样欢迎我。可怜巴巴的我像条乞讨的狗一样，连一份工作都没有，只好待业在家，才知道无论什么时候只有家才是憩息地。

从我回北京那个月起，姐姐每月寄来30元钱，一直寄到我考入大学。似乎我理所应当从她那里领取这份"工资"。她已经有3个孩子，一大家子人。而那年我已经27岁！每月邮递员呼喊我的名字，递给我这份寄款单时，我的手心都会发热发颤。仿佛长得这么大了，我还是个嗷嗷待哺的孩子，30元可以派上大的用场。脆弱的自尊与虚荣，常在这几张票子面前无地自容，又无法弥补。幸亏待业时间不长，一年多后，我找到了工作，在郊区一所中学教书。我写信把消息告诉姐姐，让她不要再寄钱给我，我已经有了每月42.5元的工资。谁知，姐姐不仅依然按月寄来30元钱，而且托运来一辆自行车，告诉我"车是你姐夫的，你到郊区上班远，骑车方便些，也可以省点儿汽车票钱……"

我从火车货运站取出自行车，心一阵阵发紧。这辆银色的自行车跟随姐夫十几年。我感到车上有姐姐和姐夫的殷殷心意，只觉得太对不起他们，不知要长到多大才不要他们再操心！

我盼望着姐姐能再来北京，机会却如北方的春雨般难得了。只是有一次姐姐突然来到北京，这让我喜出望外。那是单位让她到北戴河疗养。她在铁路局房建段当管理员，平凡的工作，却坚持天天不迟到、不请假，坚守岗位，因此年年评先进工作者都要评上她。这次到北戴河便是对她的奖励，第一次，也是最后一次。十几年没见面了，姐姐明显老了许多，更让我惊奇的是大热的天，她还穿着棉毛裤。我问她怎么啦，她说早就得了风湿性关节炎。其实，我们小时候，她的腿就已经坏了，那时候我没注意罢了。我们长大了，姐姐老了，花白的头发飘飞在两鬓。她把她的青春献给了内蒙古，也融入了我和弟弟的血肉之躯！

我和弟弟都十分想念姐姐。想想，以往都是她千里奔波来看我们，1982年，我大学毕业，弟弟考取大学研究生，利用暑假，我们各自带着孩子专程去看望一下姐姐。这突然的举动，好让姐姐高兴一下。是的，姐姐、姐夫异常高兴，看见了我们，又看见了和我们当年一般大的两个孩子，生命的延续让人感到生命的力量。离开北京前，我特意买了两挂厄瓜多尔进口大香蕉，那曾是小时候姐姐和我们最爱吃的。我想让姐姐吃个够！谁知，姐姐看着这样橙黄、硕大的香蕉，不舍得吃，非让我们吃。我和弟弟不吃，她又让两个孩子吃。两个孩子真懂事，也不吃。直至香蕉一个个变软、变黑，最后快要烂了，还是没人吃。没人吃，也让人高兴！姐姐只好先剥开一根香蕉送进嘴里："好！我先吃！都快吃吧，要不浪费了多可惜！"我从来没有吃过这样美味的香蕉！悄悄地，我想起小时候姐姐从武汉买回的那挂芭蕉。人生的滋味真正品味到了，是我们以全部青春作为代价。

昭君墓就在呼和浩特近郊，姐姐在这里生活了这么长时间，却从来没有去过一次。我们撺掇姐姐去玩一次。她说："我老了，腿也不行，你们去吧！"一想到她患关节炎的腿，也就不再劝，我们去的兴头也不大，便带着孩子到城里附近的人民公园去玩。不想那天玩到快出公园大门时，天突然浓云密布，雷雨大作。塞外的豪雨莽撞如牛，铺天盖地而来，那阵势惊人，不知何时才能停下来。我们只好躲在走廊里避雨，想待雨稍稍小下来，但望望天依然沉沉的，索性不再等雨过天晴，领着孩子向公园门口跑去。刚跑到门口，就听前面传来呼唤我和弟弟的声音。真没有想到，是姐姐穿着雨衣，推着车，站在路旁招呼着我们，后车座上夹满雨具，不知她在这里等了多久！雨珠一串串从打湿的头发梢上滚下来，雨衣挡不住雨水的冲击，姐姐的衣服已经湿漉漉一片，裤子已经完全湿透，紧紧包裹在腿上……

姐姐！无论风中、雨中，无论今天、明天，无论离你多近、多远，我会永远这样呼唤你，姐姐！

1992年3月9日于北京

复华断忆

前年清明节，遵照复华生前的愿望，我和复华的妻子与儿子，一起送复华的骨灰回青海，回了一趟冷湖。在这个荒凉又偏远的地方，复华生活和工作多年，最美好的青春在这里随风散尽。那天，见到了复华生前的朋友艾剑青。我以前没有见过他，他是驱车几百公里，从格尔木赶过来的，只是听说我们来，要过来看看我们，更为了看看复华。他带来一本《钢铁是怎样炼成的》，是20世纪50年代出版的旧书，封面已经破损，书页也卷角了。他告诉我，这本书是当年他和复华一起在冷湖时复华送给他的，那时他们都爱好文学。他一直珍藏着这本《钢铁是怎样炼成的》，珍藏着和复华的友情，以及在冷湖共同拥有的青春岁月。

我发现，艾剑青那样重感情，也发现，复华真的有个好人缘儿。后来听复华的妻子告诉我，每年清明节，艾剑青都会给她发短信问候，一起怀念复华。并不是所有的人，都能够驱车几百公里穿越沙漠戈壁，只是为看一个人；也并不是所有的人，都能够在清明节记得发来一条短信，只是为纪念一个人。

真的，我非常感动，为艾剑青，更为复华。

那一刻，我想起了复华。石油部的总地质师黄先训先生“右派”刚刚被平反，便要求来柴达木，因为他几乎去过全国所有的油田，唯独没有来过青海油田，但在买好了火车票之际查出癌症晚期，病逝前要求把骨灰埋在柴达木的冷湖。复华是从广播里听到的这个消息，感动之余当晚写了那首《冷湖的上空多了一颗星》的诗。从那时开始，每年的清明节，他都会一个人到冷湖的烈士公墓，去黄先训先生的墓前培土祭扫。

好人缘儿，是人们对复华的共识。复华的朋友多，不仅因为他和艾剑青一样重感情，更重要的是，他和艾剑青一样，对曾经伴随他们共度青春的柴达木有一份深情。无论是谁，见过的，或没见过的，只要是和柴达木有关，他都会像是踩着尾巴头会动一样，禁不住感动而激动起来，乃至热泪盈眶。我便也就理解了他为什么一见到朋友就要那样纵情饮酒了，哪怕是到了病重的时候，依然会对酒一往情深。晚年放翁的诗有“百岁光阴半归酒，一生事业略存诗”，多少也就能够理解他了。

1981年，我第一次来冷湖的时候，见到复华周围很多这样的朋友。那时，他们才刚过30岁，正青春勃发。那时，我对复华有一种不解，因为在和朋友分别的时候，他总会忍不住要落泪，我想大家早已经不是小孩子了，干吗要这样脆弱呢？见到艾剑青，我才明白了。因为看到艾剑青手里拿着那本破旧的《钢铁是怎样炼成的》时，我也忍不住要落泪。

1981年的夏天，那时候的冷湖，并没有让我觉得过于荒凉，大概就因为复华的身边有那么一大堆朋友的缘故吧。友情是一种奇异的燃料，可以点燃最琐碎枯燥的生活和最平淡无奇的生命，让它们焕发光彩，并有了温热。有一次，我在冷湖大道上一个叫“南北小吃店”的饭馆里与复华和一帮北京学生聚会。酒酣耳热之际，要每个人讲一个最让自己感动的故事。记得那天轮到复华讲的时候，他拉起了坐在他旁边的刘延德，说让刘延德讲讲他的故事吧，他的故事最感人！刘延德讲了一个枣红马的故事。那是一个感人的故事，刘延德冤屈入狱，只有那匹枣红马和他相依为命，在他出狱的时候，他掏出身上仅有的钱，买了5个馒头，给枣红马吃了。就是在那里，我认识了刘延德夫妇，后来写了《柴达木作证》，这篇文章被多次转载，很多人是从这篇文章中开始认识了我，成了我和柴达木关系的铁证。我体会到复华和柴达木的感情，因为我的那一份感情，首先是由他传递给我的。

也就是在那前后，复华拿起了笔开始学习写作。他写出的东西，总要先寄给我，我的要求比较高，总是很不留情地提出很多意见，他不厌其烦地一遍遍修改。记得有一次他把稿子寄给我，因为稿子很长，他用了5个信封，才把稿子寄过来。那时，我正在中央戏剧学院读书，他的5封厚厚的信送到我的手里，正是课间休息的时候，全班同学看到了都哈哈大笑，哪一个傻小子会寄5个信封来，就不会用一个大信封吗？写作是一门需要笨功夫的活儿，太聪明的人，其实不适于写作。复华属于那种愿意下笨功夫的人，他的作品就是在这样一遍遍修改磨砺中进步并成熟起来的。

很多年前，他从西安回北京探亲，那时他正在西北大学作家班读书，他带回一部稿子，是写北京学生在柴达木的。我看过后，对他说："这是一部大书，你应该再沉淀一下，好好写，现在写得简单了，有些可惜。冷湖，是一个地球上原来根本没有的地名，是包括你们北京学生在内的一批批石油人到了那里，才有了这个地名，你应该写一部冷湖史！"这部稿子就在我家他的抽屉里放着，一放放了10多年。多年之后，他拿出书稿，重新书写，没有想到竟是他最后的两本书之中的一本，便是他最看重的《大漠之灵——北京学生在柴达木》。

他的另一本，即他最后的一本书，是《柴达木笔记》。这是他留下的两本关于柴达木的厚重的书，也是继李季和李若冰书写柴达木之后的两本厚重的书。为柴达木，为他自己，值得了。从1980年他的处女作《冷湖的上空多了一颗星》开始，到《大漠之灵——北京学生在柴达木》和《柴达木笔记》为止，连缀起他这30余年文学创作的轨迹。重读复华的这些作品，像看他短促人生的足迹，深深浅浅，却像磁针一样始终顽强地指向一个地方：青海柴达木。这恐怕是他最看重的也是他人生中最为浓墨重彩的一笔。我曾经说，复华的作品可以分为前后两部分，即在柴达木时候写的和离开柴达木回到北京后写的。如果说他在青海时写的文字充满身在青海时难以抑制的激情，那么，回到北京后写的文字则浸透着对那片土地和那里的人们的感怀至深的怀念与离别后忧郁难解的情怀。

在书中，复华曾经写过这样的话：“每次回到柴达木油田，看到在一毛不长的戈壁大漠上那林立的石油井架，我都会情不自禁地把它们看成一片林立的常青树。因为，我太爱它们了，我相信，那林立的井架中，有一座井架就是我。”如今，重读这样的文字，让我感动，让我想起他刚到柴达木时，穿着一身石油工人的工作服，戴着头盔，爬上采油五队高高的井架的情景，他拍了一张照片并寄给我。那张照片，成了他一生命定的象征，他和柴达木的不解之缘，如同井架立于戈壁一样，成为风吹不倒的坚毅标志。“井架就是我！”看到这里，总会让我心动不已。井架和矗立着井架的瀚海戈壁，就是复华生命存在的背景，也是他写作依托的背景。“井架就是我！”青春就这样一闪而逝，生命就这样令人猝不及防地离开。重读这句话，我的心百感交集。可以慰藉我们的，是他留下了这样能够温暖人心的文字。

在复华病重的时候，他一直咬牙，每天坚持写一段《柴达木笔记》，那时，他刚学会电脑打字不久，常常会将稿子发给我看。同时，他还写过一首诗，是他61岁生日那天写的，其中有这样两句：“古稀未过心不休，神来之笔画白头。”我对他说“神来之笔画白头”这句写得好，写出我们年老了依然乐观的态度，有想象力，神来之笔的神，既是命运，也是你的精神。他听我说完之后，沉默了一会儿，对我说“古稀未过心不休”这句写得好。我问他为什么，他有些伤感地解释说：“因为可能再也回不去青海了，所以心不休。”

我一时说不出话来。我理解他对柴达木的感情，这一份感情，让他的文字凝重沉郁，有了来自心底深处的温度和力量，让他赢得了柴达木和柴达木那么多朋友对他的尊重。

最后一次住院之前，那是中秋节刚过不久的秋天，那天，阳光很好，复华坐在医院花园里一条长椅上，指着来来往往的病人，对我说，很多病人都是走着进去、抬着出来的。他说得很平静，我在一旁听了却忍不住要掉泪。他说过：“我不会怠慢生命，贻误时间，做到不怠世，不怨世，不恋世，平静平常于每一天。”我知道，这是他的生死观。但真正面对死神在叩门的时候，他居然还能这样平静，真的让我惊讶。我在想如果换成我自己，我能做到这样吗？

焦急等候住院的那几天，我一直在复华的家里，陪他说说话，尽量找些轻松快乐的话题，想分散他的注意力。我们聊起了童年的一些往事，让他想起了很多，他本来就是一个爱怀旧的人。他的记忆力很好，说起父亲曾经挂在墙上的那幅郎世宁画的工笔画狗，在三年困难时期被父亲卖到了典当行；说起了我们家住过的北京前门外的粤东会馆大院里，我家屋子原来是主人的厨房，刚搬进时，灶台还在，拆灶台的时候，发现了几根金灿灿的东西，父亲以为挖出金条，其实那是黄铜，是主人家为了吉利特意埋在那里的。说完，我们都忍不住笑了。我对他说：“这事我怎么不知道？”他又说起另一件往事，那是我刚上初一的时候，他读小学三年级，有一天放学后，他突然跑回家对我说一起去花市电影院看电影，他说电影票都买好了，让我快点儿跟他走。我们俩跑出翟家口胡同，快到电影院的时候，我才想起来问电影是什么名字，他说是《白山》，我还跟他说只听说有《白痴》，没听说过《白山》呀！他马上说怎么没有呀，然后抬起手扇了我一个耳光，说：“就是这个‘白扇’呀！”为他小孩子的这一恶作剧成功，扭头一溜烟儿地跑远了。

第二天，我写了一首《和复华忆童年往事怀旧》的诗，抄好拿给他看：

秋阳暖照满屋明，
同忆儿时几许情。
灶下挖金铜且土，
院中扑枣紫还青。
谁读书老孔夫子，
独挂墙寒郎世宁。
最忆那年看电影，
白山一记耳光清。

谁知道，这是他看到的我写给他的最后一首诗。

快乐的往事，阻挡不住死神快速的脚步。那一天半夜，我梦见一只老虎在我家的门前，我开门时，看见它浑身是伤，还连中三枪。我在眼泪中惊醒，再也睡不着。尽管我并不迷信，但这个梦还是一连几日让我惊魂不定。毕竟复华是属虎的呀。一周以后，复华在医院里离我而去。

我知道，他去了他最想去的地方——柴达木。

2014年8月27日于美国印第安纳州

拥你入睡

儿子上初一以后，忽然一下子长大了。换内裤，要躲在被子里换；洗澡，再也不用妈妈帮忙洗，连我帮他搓搓后背都不用了。

我知道，儿子长大了，像日子一样无可奈何地长大了。原来拥有的天然的肌肤之亲和无所顾忌的亲昵，都被儿子这长大拉开了距离，变得有些羞涩了。任何事物都有一些失去，才有一些得到吧？

有一天下午，儿子复习功课，累了，躺在我的床上看电视。实在是太累，刚看了一会儿眼皮就打架了。他忽然翻了一个身，倚在我的怀里，让我搂着他睡上一觉，迷迷糊糊中嘱咐我一句："一小时后叫我，我还得复习呢！"

我有些受宠若惊。许久，许久，儿子没有这种亲昵的动作了。以前，就是一早睡醒了，他还要光着小屁股钻进我的被窝里，和我腻乎腻乎。现在，让我搂着他像搂着小猫一样入睡，简直类似天方夜谭了。

莫非睡意蒙眬中，儿子一下脱离了现实，跌进了逝去的童年，记忆深处掀起了清新动人的一角？让他情不自禁地拾蘑菇一样拾起现在他并不想拒绝的往日温馨？

儿子确实像小猫一样睡在我的怀里。均匀的呼吸，胸脯和鼻翼轻轻起伏着，像春天小河里升起又降落的暖洋洋的气泡。

我想起他小时候，妈妈上班，家又拥挤，他在一边玩，我在一边写东西，玩着玩腻了，他要喊："爸爸，你什么时候写完呀？陪我玩玩不行吗？"我说："快啦！快啦！"却永远快不了，心和笔被拽着走得远远的。他等不及了，就跑过来跳进我的怀里，带有几分央求的口吻说："爸爸！我不捣乱，我就坐这儿，看你写行吗？"我怎么能说不行？已经把儿子孤零零地抛到一边寂寞了那么长的时光！我搂着他，腾出一只手接着写。

那时候，好多东西都是这样搂着儿子写出来的。他给我安详，给我亲情，给我灵感。他一点儿也不闹，一句话也不讲，就那么安安静静依在我的怀里，像落在我身上的一只小鸟，看我写，仿佛看懂了我写的那些或哭或笑或哭笑交加的故事。其实，那时他认识不了几个字。有好几次，他依在我的怀里睡着了，睡得那么香那么甜，我都没有发现……

以后我常常想起那段艰辛却温馨的写作日子，想起儿子依在我怀中小鸟一样安静睡着的情景。我觉得我的那些东西里有儿子的影子、呼吸，甚至睡着之后做的那些灿若星花的梦……

儿子长大了。纵使我又写了很多比那时要好的故事，却再也寻不回那时的感觉、那一个梦境。因为儿子再不会像鸟儿一样蹦上我的枝头，那么纯真地依在我的怀里睡着了。

如今，儿子居然缩小了一圈，岁月居然回溯几年。他依在我的怀里睡得那么香甜、恬静。我的胳膊被他枕麻了，我不敢动，我怕弄醒他，我知道这样的机会不会很多甚至不会再有，我要珍惜。我格外小心翼翼地拥着他，像拥着一支又轻又软又薄又透明的羽毛，生怕稍稍一失手，羽毛就会袅袅飞去……

并不是我太娇惯儿子，实在是他不会轻易地让我拥他入睡。他已经长大，嘴唇上方已经长出一层细细的绒毛，喉结也已经像要啄破壳的小鸟一样在蠕动。用不了多久，他会长得比我还要高，在这张床上他将伸不开四肢……

蓦地，我忽然想起儿子小时候曾经抄过的诗人傅天琳的一首诗，其中有这样几句：

你在梦中呼唤我呼唤我
孩子你是要我和你一起到公园去
我守候你从滑梯上一次次摔下
一次次摔下你一次次长高
如果有一天你梦中不再呼唤妈妈
而呼唤一个陌生的年轻的名字
那是妈妈的期待妈妈的期待
妈妈的期待是惊喜和忧伤

我禁不住望望儿子，他睡得那么沉稳，没有梦话，我不知他在睡梦中是不是在呼唤着我，我却知道会有这么一天，拥他入睡的不再是我，而在他的睡梦中更会“呼唤一个陌生的年轻的名字”。亲爱的儿子，那将如诗人所写的，是爸爸的期待，爸爸的期待是惊喜又是忧伤。哦，我亲爱的儿子，你懂吗？此刻的睡梦中，你梦见爸爸这一份温馨而矛盾的心思了吗……

一个小时过去了，我没有舍得叫醒儿子。

1992年暑假于北京

聪明是一张漂亮的糖纸

小铁上初二的时候，有一天下午我和他妈妈出门，问他去不去，他摇摇头，一个人闷在家里。晚上，我们回到家，他问我：“你发现咱家有什么变化吗？”我望了望四周，一切如故，没发现什么变化。他不甘心，继续说：“你再仔细看看。”我还是没有发现什么蛛丝马迹。倒是他妈妈眼尖，洗脸时一下子看见脸盆和脸盆旁边的水管上贴着小纸条，上面写着脸盆和水管的英文名称。

我这才发现屋子里几乎所有的地方，柜子、书桌、房门、厨房、暖气、音响、书架……上面都贴着小纸条，纸条上面都用英文写着它们的名称。每一张小纸条剪的大小都一样，都是手指一般窄长形的，不仔细看还真不容易看到。

他很得意地望着我笑。不用说，这是他一下午忙碌的结果。

我表扬了他。

那一年，他对外语突然有了兴趣。他就是这样开始外语学习的。他付出努力一般是在家里，总是默默的。他贴在家里的那些小纸条，仿佛是安徒生童话中神奇的手指。他抚摸着那些东西，使得那些东西花开般有了生命，和他对话，彼此鼓励，使得枯燥而艰苦的学习有了兴趣和色彩，有了学下去、学到底的诱惑力。

从小到大，总是有人夸奖小铁聪明。读中学时，他的老师当着班上同学的面表扬他，说："只要肖铁想学好哪一门功课，他总是能把它学好。"大学期间，同学们也都认为他很聪明，都说他总是很轻松地就把学习学好了。我应该庆幸的是，小铁对这些夸奖很清醒。每当别人夸他聪明时，他从来只是笑笑，没有骄傲而忘乎所以。他知道要论聪明，比他聪明的同学有的是，比如当时他最佩服的同学男的任飞、女的刘斯庸，后来都考取了清华大学。他所要做的就是认真，而且重复，把要学的东西弄得牢固扎实。

当别人夸奖小铁聪明时，我当然很高兴，虚荣心得到了满足。但是我很清楚，孩子是以他的刻苦取得他应有的成绩的。

有一次，和另外一所学校的同学开座谈会，有个同学问他为什么能取得那么好的成绩，他回答说："没有别的好办法，就是得学、得背。比如历史，高考前老师带领大家复习之前，我已经把书从头到尾背了三遍了，而且要注意背那些图边上和注解的小字，要背得仔细，才能万无一失。"

那天座谈，我坐在他的身边，听到他的话，我很高兴，比他取得好成绩还要高兴。也许，只有我知道他是如何刻苦学习的。

小学毕业时我整理他书桌的抽屉，光从四年级到六年级三年的作文练习草稿就装满了一抽屉，每一篇都改过不止一遍。小学毕业准备考中学，他把所有要背的准确答案都录在录音机里，每天晚上躺在床上先把录音机打开，一遍又一遍地听，哪怕睡觉前一点儿时间也绝不浪费。而光是他抄录别人文章的本子、所做笔记的本子，不知该有多少，虽然许多本子都只记了半本就扔下换了新本子。尽管我批评他太浪费了，他还是愿意一个本子一个内容，频繁地更换着他的新内容。

有时候，他很贪玩。读中学时最迷恋的是NBA（美国职业篮球联赛），哪怕考试再忙，只要有NBA的比赛，他是必看不误，你怎么说，他也是雷打不动。为此，我和他发生过冲突。想想都快要考试了，他还在整晚看电视，做家长的心里能不慌吗？做家长的都希望孩子是听话的小羊羔，到了晚上都要赶进圈里去学习，不要受外面的种种诱惑，外面净是大灰狼。冲突到了极点，急得他哭着对我说："我什么时候因为看NBA把功课耽误了？我现在看电视耽误的时间，我会安排时间补回来的。"

现在，我相信他了。他读大学期间，时间更紧张了，偶尔回家一趟，或是陪妈妈逛商店，或是陪我聊聊天，其实都是很耽误他的时间的。我知道我们大人显得越来越慵懒和散漫了，但孩子正是忙的时候。而且，我发现我变得爱唠叨了，也许好不容易看到孩子回家一趟，总想和他多说说话，便缺少了节制。而他变得懂事了许多，从来没有不耐烦过，总是放下手中的书本，听我说完之后，他会对他妈妈开个玩笑："妈，你看我爸又耽误了我的时间，我得晚睡几个小时了。"

有一次，他让我帮他买盏应急灯，说一过晚上11点，宿舍就熄灯了。我劝他少熬夜。他说同学都这样，每个人的床上都有一盏应急灯。

应急灯要是妨碍同学了，他会骑上车跑出校园，到学校旁边的永和豆浆24小时营业店，买点儿吃的，就开始温书，一坐就是一个通宵或半夜。

虽然，我不赞成他熬夜，但我赞成他刻苦、努力。在智商方面，孩子之间的差别不是很大，关键在于每个人付出的努力不一样，结果就会不一样。要知道，聪明只是一张漂亮的糖纸，外表可能闪闪发光挺好看，但包裹在里面的东西才是最重要的，这重要的东西就是刻苦。

大三的一天晚上，小铁来电话告诉我和他妈妈："英语六级成绩出来了，我得了89.5分。"他知道做家长的就是一根筋——只认成绩，他很遗憾地说："就差半分，要不就90分了。"这个成绩是他们系里的第一。他的英语四级考试成绩也是全系第一，得了92分。

我忽然想起初二时他贴在家里几乎每一个地方的那些小纸条。

大四的那一年，他考了托福和GRE，成绩分别是647分和2390分，考得都不错。都说分数是学生的命根，其实分数更是家长的命根，做家长的只有看着分数才踏实，我也一样，未能免俗。

我再次想起初二时他贴在家里几乎每一个地方的那些小纸条。

前两年搬家的时候，我发现厨房、房门、厕所……好多地方居然还保留着那些小纸条，只是颜色已经发黄，但蓝色圆珠笔写的英文字迹依然清晰，好像岁月没有给它们留下什么痕迹。

10年过去了，孩子如今已经在美国读书。他的房间空荡荡的，却总能发现在他的茶杯或玩具的背后贴着当年他写着英文的小纸条。就让这些小纸条一直保留着吧，保留着那一份回忆和感情。

2004年年底于北京

荞麦皮枕头

我家枕的一直是荞麦皮做的枕头，已经很有年头了。那还是父母在世的时候就开始用的，是他们从农村老家拿回来的荞麦皮，用清水洗净，晾干，再缝进枕头套里面的。我从来没有见过田地里种的荞麦，据说它开着浅粉色的小花，很好看。我见到母亲缝进枕头套里的荞麦皮却是黑乎乎的，一点儿也想象不出它曾经有过的花样年华。

不过，荞麦皮枕头软硬适度，冬暖夏凉，特别是枕在上面不会落枕。母亲夸它的功能的时候，还会特别加上一条，说枕着它睡觉不会做噩梦。我就是这样一直枕着它长大，枕着到结婚。结婚那年，做了新被子新褥子，总不能再枕旧枕头了吧？我买了一对棉枕头，却是谁枕都不舒服，索性放在一边，还是枕原来的荞麦皮枕头。就这样枕着，一天几乎有一半的时间和它相亲相近，枕巾和枕头罩都不知换了多少，不变的是里面的荞麦皮，几乎每年母亲都要用清水洗干净，再在阳光下把它晒干，然后缝进枕头套里。枕在新洗的荞麦皮枕头上面，确实很舒服，有种暖洋洋阳光的气息和荞麦皮特有的香味。

儿子落生的时候，母亲把家里的荞麦皮枕头都拆了，把里面的荞麦皮都倒在洗衣盆里，彻底清洗晾干，再装进枕头套之后，特意留出了一部分荞麦皮，给儿子做了一个枕头。那枕头不大，是用一块小碎花布做的枕套，袖珍玩具似的，伴随着儿子整个童年。有意思的是，儿子从小就不愿意用枕巾，睡觉的时候，总是把在枕头上面铺好的枕巾拽走，直接枕在荞麦皮枕头上，他睡得踏实，荞麦皮枕头似乎和他更亲近。只好随他，因而他的那个枕头套总是很快就脏兮兮的了。

儿子10岁那年，我的母亲去世了。从此儿子枕的便是母亲的枕头。考入大学，要住校，带去的也是这个枕头，这个枕头陪伴他从小学四年级一直到高中毕业，又和他一起走进大学。去年的夏天，儿子大学毕业，他带回家一箱子书、一堆脏衣服，被子和褥子都扔在了学校，却没有忘记把这个枕头带回来。这个枕头蜷缩在他的背包里，油渍麻花的，像一根油条。

两个月后，儿子要到美国读研，要带的东西很多，两个30公斤重的大箱子都挤得满满的。我给他买了一个12孔棉的枕头，这是新材料做的枕头，蓬松柔软不说，关键是可以压缩成一小条，不仅不占地方，而且很轻，不占分量。儿子却对这新枕头不屑一顾，坚持带他那个沉甸甸的荞麦皮枕头。他说他晚上本来就睡眠不好，只有睡这个枕头能够睡着，睡别的枕头就是怎么也睡不着。这样就只好把他那个脏油条似的枕头里的荞麦皮倒出来，重新洗净晾干，装进他妈妈帮他缝的新枕套里。那个枕头占据了他箱子里一个很大的空间，他踏实地带着它离开了家。

过了很长一段时间，儿子才告诉我们：到达美国他的学校已经是深夜，那一夜，枕在这个荞麦皮枕头上，怎么也睡不着。一下子，天远地远，只有它，让他感到家还在自己的身边。

2002年9月写于北京

生命不仅属于自己

母亲已经去世十几年了，怪得很，还是在梦中常常见到，而且是那样清晰，母亲一如既往地绽开着皱纹纵横的笑容向我说着什么。一个人与一个人的生命就这样系在一起，并不因为生命的结束而终止。

在母亲的晚年，曾经得过一场幻听式的精神分裂症，把她和我都折腾得不轻。记得那一年母亲终于大病初愈，那时，我刚刚大学毕业留在学校里教书。好几年一直躺在病床上，母亲消瘦了许多，体力明显不支，但总算可以不再吃药了，我和母亲都舒了一口气。记不得是哪一天的清晨，我被外屋的动静弄醒，忽然有些害怕。因为母亲以前患幻听式的精神分裂症时，常常就是这样在半夜和清晨时突然醒来跳下床，我真是生怕她旧病复发，一颗心禁不住一下子提到嗓子眼儿。我悄悄地爬起来往外看，只见母亲穿好了衣服，站在地上甩胳膊伸腿弯腰的，有规律地反复地动作着，那动作有些笨拙和呆滞，却很认真，看得出，显然是她自己编出来的早操，只管自己练就是，根本不管也没有想到会被人看见。我的心里一下子静了下来，母亲知道锻炼身体了，这是好事，再老的人对生命也有着本能的向往。

大概母亲后来发现了她每早的锻炼吵醒了我，便到外面的院子里去练她自己编排的那一套早操，她的胳膊、腿比以前有劲多了，饭量大了，蓬乱的头发也梳理得整齐多了。正是冬天，清晨的天气很冷，我对母亲说："妈，您就在屋子里练吧，不碍事的，我睡觉比较沉。"母亲却说："外面的空气好。"

也许到那时我也没能明白母亲坚持每早的锻炼是为了什么，以为仅仅是为了她自己大病痊愈后生命的延续。后来，有一次我开玩笑地说她："妈，您可真行，这么冷，天天都能坚持！"她说："咳，练练吧，我身子骨硬朗点儿，省得以后给你们添累赘。"这话说得我心头一沉，我才知母亲所做的一切是为了孩子，她把生命的意义看得这样直接和明了。在以后的很多日子里，我常常想起母亲的这话和她每天清早锻炼身体的情景，便常让我感动不已。一直到母亲去世的那一天，她都没有给孩子添一点累赘。母亲无疾而终，临终的那一天，她如同预先感知即将到来的一切似的，将自己的衣服包括袜子和手绢都洗得干干净净，整齐地叠放在柜子里。她连一件脏衣服都没有给孩子留下来。

也许，只有母亲才会这样对待生命。她将生命不仅仅看成自己的，而且关系着每一个孩子，她就是这样将她的爱通过生命的方式传递着。

我们常说一个人和另一个人的感情是可以相通的，其实，一个人和另一个人的生命更是可以相连的。

1995年春节于北京

第三辑

恋食记

让人念念不忘的美食，不一定是山珍海味，但必定是味觉的一段情结。食物在味蕾打转，连接记忆和情感，直抵人丰富而柔软的内心。那些与我们常相伴的食物，往往带着家的温度。

荔 枝

我第一次吃荔枝，是在28岁的时候。那时，我刚从北大荒回到北京，家中只有孤零零的老母亲，站在荔枝摊前，脚挪不动步。那时，北京很少见到这种南国水果，时令一过，不消几日，再想买就买不到了。想想活到28岁，居然没有尝过荔枝的滋味，再想想母亲快70岁的人了，也从来没有吃过荔枝呢！虽然一斤要好几元，挺贵的，咬咬牙，还是掏出钱买上一斤。那时，我刚在郊区谋上中学教师的职，衣袋里正有当月42.5元的工资，硬邦邦的，便鼓起了几分胆气。我想让母亲尝尝鲜，她一定会高兴的。

回到家，还没容我从书包里掏出荔枝，母亲先端出一盘沙果。这是一种比海棠大不了多少的小果子，居然每个都长着疤，有的还烂了皮，只是让母亲一一剜去了疤，洗得干干净净。每个沙果都显得晶莹透亮，沾着晶莹的水珠，果皮上红的纹络显得格外清晰。不知老人家洗了几遍才洗成这般模样。我知道这一定是母亲买的处理水果，每斤顶多五分或者一角。居家过日子，老人就是这样一辈子过来了。不知怎么搞的，我一时竟不敢掏出荔枝，生怕母亲骂我大手大脚，毕竟这是那一年里我买的最昂贵的东西了。

我拿了一个沙果塞进嘴里，连声说真好吃，又明知故问多少钱一斤，然后不住口说真便宜——其实，母亲知道那是我在安慰她而已，但这样的把戏每次依然让她高兴。趁着她高兴的劲儿，我掏出荔枝："妈，今儿我给您也买了好东西！"母亲一见荔枝，脸立刻沉了下来："你当财主了怎么着？这么贵的东西，你……"我打断母亲的话："这么贵的东西，不兴咱们尝尝鲜！"母亲扑哧一声笑了，筋脉突兀的手不停地抚摸着荔枝，然后用小拇指指甲盖划破荔枝皮，小心翼翼地剥开皮又不让皮掉下，手心托着荔枝，像是托着一只刚刚啄破蛋壳的小鸡，那样爱怜地望着舍不得吞下，嘴里不住地对我说："你说它是怎么长的？怎么红皮里就长着这么白的肉？"毕竟是第一次吃，毕竟是好吃！母亲竟像孩子一样高兴。

那一晚，正巧有位老师带着几个学生突然到我家做客，望着桌上这两盘水果有些奇怪。也是，一盘沙果伤痕累累，一盘荔枝玲珑剔透，对比过于鲜明。说实话，自尊心与虚荣心齐头并进，我觉得自己仿佛是那盘丑小鸭般的沙果，真恨不得变戏法一样把它一下子变走。母亲端上茶来，笑吟吟顺手把沙果端走，那般不经意，然后回过头对客人说："快尝尝荔枝吧！"说得那般自然、妥帖。

母亲很喜欢吃荔枝，但是她舍不得吃，每次都把大个的荔枝给我吃。以后每年的夏天，不管荔枝多贵，我总要买上一两斤，让母亲尝尝鲜。吃荔枝成了我家一年一度的保留节目，一直延续到三年前母亲去世。

母亲去世前是夏天，正赶上荔枝刚上市。我买了好多新鲜的荔枝，皮薄核小，鲜红的皮一剥掉，白中泛青的肉蒙着一层细细的水珠，仿佛跑了多远的路，累得露出一张张汗津津的小脸。是啊，它们整整跑了一年的长路，才又和我们重逢。我感到慰藉的是，母亲去世前一天还吃到了水灵灵的荔枝，我一直认为是天命，是母亲善良忠厚一生的报偿。如果荔枝晚几天上市，我迟几天才买，那该是何等的遗憾，会让我产生多少无法弥补的痛楚。

其实，我错了。自从家里添了小孙子，母亲便把原来给儿子的爱分给孙子一部分。我忽略了身旁小馋猫的存在，他再不用熬到28岁才能尝到荔枝，他还不懂得什么叫珍贵，什么叫舍不得，只知道想吃便张开嘴巴。母亲去世很久，我才知道母亲去世前一直舍不得吃一颗荔枝，都给了她心爱的太馋嘴的小孙子吃了。

而今，荔枝依旧年年红。

1991年1月于北京

苦　瓜

原来我家有个小院，院里可以种些花草和蔬菜。这些活儿，都是母亲特别喜欢做的。把那些花草蔬菜侍弄得姹紫嫣红，像是把自己的儿女收拾得眉清目秀，招人耳目，母亲的心里很舒坦。

那时，母亲每年都特别喜欢种苦瓜。其实这么说并不准确，是我特别喜欢苦瓜。刚开始，是我从别人家里要回苦瓜籽，给母亲种并对她说："这玩意儿特别好玩，皮是绿的，里面的瓤和籽是红的！"我之所以喜欢苦瓜，最初的原因是它的瓤和籽格外吸引我。苦瓜结在架上，母亲一直不摘，就让它们那么老着，一直挂到秋风起时，越老，它们里面的瓤和籽越红，红得像玛瑙，像热血，像燃烧了一天的落日。当我兴奋地掰开这两片像船一样而盛满了鲜红欲滴的瓤和籽的瓜时，母亲总要眯缝起昏花的老眼看着，露出和我一样喜出望外的神情，仿佛那是她的杰作，是她才能给予我的欧·亨利式的意外结尾，让我看到苦瓜最终具有了这朝阳般的血红和辉煌。

以后，我发现苦瓜做菜其实很好吃。无论做汤，还是炒肉，都有一种清苦味。那苦味，格外别致，既不会传染给肉或别的菜，又有一种苦中蕴含的清香和苦味淡去的清新。

像喜欢院子里母亲种的苦瓜一样，我喜欢上了苦瓜这一道菜。每年夏天，母亲经常从小院里摘下沾着露水珠的鲜嫩的苦瓜，给我炒一盘苦瓜青椒肉丝。它成了我家夏日饭桌上一道经久不衰的家常菜。

自从这之后，再见不到苦瓜瓤和籽鲜红欲滴的时候，是因为再等不到那个时候了。

这样的菜，一直吃到我离开了小院，搬进了楼房。住进楼房，依然爱吃这样的菜，只是再也吃不到母亲亲手种、亲手摘的苦瓜了，只能吃母亲亲手炒的苦瓜了。

一直吃到母亲六年前去世。

如今，依然爱吃这样的菜，只是母亲再也不能为我亲手到厨房去将青嫩的苦瓜切成丝，再掂起炒锅亲手将它炒熟，端上自家的餐桌了。

因为常吃苦瓜，便常想起母亲。其实，母亲并不爱吃苦瓜。除了头几次，在我一再地怂恿下，她勉强动了几筷子，皱起眉头，便不再问津。母亲实在忍受不了那股异样的苦味。她说过，苦瓜还是留着看红瓤红籽好。可是，每年夏天当苦瓜爬满架时，她依然会为我炒一盘我特别喜欢吃的苦瓜肉丝。

最近，看了一则介绍苦瓜的短文，上面有这样一段文字：“苦瓜味苦，但它从不把苦味传给其他食物。用苦瓜炒肉、焖肉、炖肉，其肉丝毫不沾苦味，故而人们美其名曰，‘君子菜’。”

不知怎么搞的，看完这段话，让我想起母亲。

1992年于北京

酸　菜

又到了冬天，又到了吃酸菜的季节了。

如今吃酸菜，只有到副食店里去买，每袋一元八角，是那种经过科学高速发酵的科技产品。方便倒是方便了，而且颜色白白的，清清爽爽，只是觉得味道怎么也赶不上母亲渍的酸菜。也曾经到私人作坊买过人工渍的酸菜，质量更是没有保证。还曾经到专门经营东北风味菜肴的饭店买过酸菜炒粉或酸菜汆白肉，过细的加工，倒吃不出酸菜的原汁原味了。

渍酸菜，的确是一门学问。每年到了冬天，大白菜上市以后，母亲都要买好多大白菜储存起来。母亲一般都是把棵大、包心的好白菜，用废报纸包好，再用破棉被盖好，剩下那些没心或散心、帮子多又大的次菜，用来渍酸菜。我家有个酱红色的小缸，是母亲专门用来渍酸菜的。那缸的历史几乎和我的年龄不相上下，因为打我记事起，母亲就用它来渍酸菜。每年母亲是把渍酸菜当成大事来办的，因为几乎一冬全家的酸菜熬肉、酸菜粉丝汤、酸菜馅饺子，都指着它了。母亲先要把缸的里里外外擦得干干净净，然后烧一锅滚开的水，把一棵白菜切开四瓣儿，扔进锅里一渍，捞将出来，等它凉后码放在缸里，一层一层撒上盐，再浇上一圈花椒水。这些先后顺序是不能变的，而且绝对不让人插手帮忙。最后，在缸口包上一层纸，不能包塑料布，那样不透气，酸菜和人一样，也得喘匀了气才行，渍出来才好吃。

那时候，只关心吃，不操心别的，不知道母亲渍酸菜到底要渍多长时间，便没有把母亲这门学问学到手。只记得不到时候，母亲是不允许别人动她这个宝贝缸子的。当她的酸菜渍好了，她亲手为全家做一盆酸菜熬肉或酸菜粉丝汤，看着我和弟弟狼吞虎咽，吃得香喷喷，满脸的皱纹便绽开成一朵金丝菊。对于母亲，渍酸菜是变废为宝，是把菜帮子变成上得席面的一道好吃的菜，是用有限的钱过无限的日子，并把这日子尽量过得有滋有味。那时候，是母亲的节日。

母亲渍的酸菜伴我度过整个童年、青年，甚至大半个壮年时期。自从母亲在那年的夏天突然去世，我吃的酸菜只有到副食店里去买了。

母亲渍的酸菜确实好吃，不像现在买的酸菜，不是不酸，就是太酸；不是硬得嚼不动，就是绵得没嚼头。其实，酸菜不是什么上等的名菜，母亲渍酸菜的技术是年轻时在老家闹饥荒时学来的，她好多次说那时候渍的酸菜是什么呀，净是捡来的烂菜帮……像现在的孩子不爱听父母讲过去的陈芝麻烂谷子一样，那时我也不爱听。母亲去世之后，我自己也曾经学着渍酸菜，但那味道总不地道。我知道，艰苦时学到的学问是刻进骨髓的，平常的日子只能学到皮毛。

如今，我只有到副食店里去买酸菜。如今，只有母亲渍过大半辈子的酸菜缸还在。

1992年于北京

独草莓

姐姐家在呼和浩特，她住一楼，房前有块空地，种着一株香椿树、一株杏树和一株苹果树。退休之后，姐姐把这块空地开辟成了菜园。翻土，播种，浇水，施肥……每天乐此不疲。姐姐一辈子在铁路局工作，年年是劳动模范，局里新盖了高层楼，分她新房，面积多出30多平方米。她不去，舍不得她的这片菜园。孩子们都说她，如今，1平方米房子值多少钱？你那破菜园能值几个钱？却谁也拗不过她，只好随了她。

我已经好多年没有见到姐姐了。今年，是姐姐的八十大寿，说什么也要来看看姐姐。想想63年前，1952年，姐姐17岁，就只身一人来到内蒙古，修新建的京包线铁路。那时候，我才5岁，弟弟两岁，娘亲突然逝去，姐姐是为了帮助父亲扛起家庭的担子，才选择来到了塞外。姐姐每月往家里寄30元钱，一直寄到我21岁到北大荒插队。那时候，姐姐每月的工资才几十元钱呀！姐姐说起当年她去内蒙古离开家时，我和弟弟舍不得她走，抱着她的大腿哭的情景，仿佛岁月没有流逝，一切都恍若眼前。

来到姐姐家，先看姐姐的菜园。菜园不大，却是她的天堂，那里种着她的宝贝。特别是姐夫几年前病逝之后，那里更是她打发时光、消除寂寞的好场所。菜园被姐姐收拾得井井有条，丝瓜、扁豆满架，南瓜满地爬，小葱棵棵似剑，韭菜根根如阵，西红柿、黄瓜和青椒，在架子上红的红，青的青，弯的弯，尖的尖……忍不住想起中学时学过的吴伯箫的课文《菜园小记》里说的，真的是姹紫嫣红。这么多的菜，吃不完，送给邻居，成为姐姐最开心的事情。

菜园旁，立着一个大水缸，每天洗米洗菜的水，姐姐从厨房里一捅一捅拎出来，穿过客厅和阳台，走进菜园，把水倒进水缸，备用浇菜。节省一辈子的姐姐，常被孩子们取笑，而且，劝她说现在菜好买，什么菜都有，就别整天忙活这个了，好好养老不好吗？姐姐会说，劳动一辈子了，不干点儿活儿难受。想想，在风沙弥漫的京包铁路线上餐风饮露，这是她念了一辈子的经文，笃信难舍。再想想，人老了，其实不是享清闲，而是怕闲着，能有点儿事干，而且，这事干着又是快乐的，便是养老的最好境界了。姐姐种的那些菜，便有她自己的心情浸透，有她对往事的回忆，是孩子们都上班上学之后孤独时的伙伴，她可以一边侍弄着它们，一边和它们说说话。

夸她的菜园，她就像是自己的孩子被夸一样高兴。我对她的菜园赞不绝口。姐姐指着菜园前面绿葱葱的植物，我没认出是什么。她对我说：“这里原来种的是生菜和小水萝卜，今年闹虫子，我把它们都给拔了，改种了草莓。不知怎么闹的，也可能是我不会种这玩意儿，你看，春天都过去了，只结了一个草莓。”

我跟着她走过去，俯下身子仔细看，才看见偌大的草莓丛中，果然只有一颗草莓，个头儿不大，颜色却很红，小小的像红宝石一样，孤独地藏在叶子下面，好像害羞似的怕人看见。

“孩子们看着它好玩，都想摘了吃，我没让摘。”姐姐说。我问她：“干吗不摘？时间一久，回头再烂了，多可惜。”姐姐笑着说：“我心里盼望着有这么一个伴儿在这儿等着，兴许还能再结几个草莓！”

相见时难别亦难，和姐姐分手的日子到了，离开呼和浩特回北京的前一天晚上，姐姐蒸的米饭，我炒的香椿鸡蛋，做的西红柿汤，菜都来自姐姐的菜园。晚饭后，姐姐去了一趟菜园，然后又去了一趟厨房，背着手，笑眯眯地走到我的面前，像变戏法一样，还没等我猜，就伸出手张开来让我看，原来是那颗草莓。“你尝尝，看味儿怎么样。”姐姐对我说。

我接过草莓，小小的，鲜红鲜红的，还沾着刚刚冲洗过的水珠儿，真不忍心下嘴吃。姐姐催促着：“快尝尝！”我尝了一口，真甜，更难得的是，有一股在市场买的和采摘园里摘的少有的草莓味儿。这是一种久违的味儿。

2015年6月8日写于呼和浩特归来

无花果

在我们大院里，景家爱侍弄一些花花草草。有一年春天，景家的孩子送来一盆植物，我不认识是什么，只见花盆挺大的，那植物长得有半人多高，铺铺展展的大叶子，挺招人喜欢的。

景家屋前有一道宽敞的廊檐，他们家的花花草草、大盆小盆，都摆在廊檐下面，一年四季，除了冬天，花开花落不间断。他们家的廊檐下，简直就成了一道花廊，常常招惹蜜蜂蝴蝶在那里飞舞。

唯独这盆新来的植物不开花。我想，可能不像是桃花在春天开花。可是，都快过了夏天，它还是不开花，就像一个人咬紧嘴唇就是不说话一样。我想，它可能像菊花一样，得到秋天才开花吧。这个想法，遭到我们大院狗子的嘲笑。狗子比我大一岁半，高一个年级，那时候，暑假过完，他就要读四年级了，自以为比我懂得多，远远地指着景家这盆植物，对我说："知道吗？这叫无花果！不开花，只结果！"

无花果，我听说过，却是第一次见到。果然，暑假过后，景家的这盆无花果，在叶子间像藏着好多小精灵一样，开始结出了小小的圆嘟嘟的青果子，一颗颗地蹦了出来。

景家原来是个做小买卖的人家，有两个孩子，都各自成家，一个在外地，一个在北京，偶尔过来看看。景家只住着老两口，这些花花草草，就是老两口的伴儿。每天侍弄它们，给老两口找来很多的乐儿。

景家无花果的果子越长越大，颜色由青变得有些发紫的时候，狗子找到我，远远地指着景家廊檐下的无花果，问我："你吃过无花果吗？"我摇摇头，然后问他："你吃过吗？"他也摇摇头。那时候，住在我们大院里，大多都是穷孩子，像我，以前见都没见过，无花果是稀罕物，谁能有福气吃过呢？

"你敢不敢跟着我一起去景家摘几个无花果吃？"狗子这样问我，看我睁大了眼睛，刚说出"这不成偷了吗？我妈该……"就立刻打断我的话："就知道你不敢！胆子小得像耗子！"转身就跑走了。

第二天，在大院门口，我见到狗子，他很得意地对我说："可好吃了！可惜，你没有尝到，那味道，怎么说呢？特甜，还特别软，里面还有籽儿，特别有嚼劲儿，有股说不出的香味！"说心里话，狗子说得我的心里怪痒痒的，馋虫一下子被逗了出来。"后悔了吧？让你昨天跟我一起摘，你不去！"狗子说着风凉话。

晚上，狗子来我家，把我叫出屋，说："我还是真的又想无花果的味儿了，真的好吃，敢不敢跟我去景家？跟你说，天黑，他们根本看不见咱们！”

要说小时候真的是馋，神不知鬼不觉，我跟着狗子溜到景家屋前。窗子里的灯光幽暗，廊檐下更是黑乎乎一片，偷偷摘下几颗无花果，真的是谁也发觉不了。可是，我和狗子猫着腰在廊檐下转了一圈，没有看见那盆无花果。我心里想，肯定是昨天狗子没少偷摘，让景家老两口发现了，把无花果搬进屋里了。

果然，狗子在门口，伸手招呼我，我走过去一看，无花果真的搬进屋里，正在景家外屋客厅的地上。狗子轻轻地对我说了句：“门没锁，你给我看着点儿，我溜进去，给你摘两个无花果就出来。”说完，他把门推开一条缝儿，像狸猫一样钻了进去，不知道碰到什么东西了，就听“哗啦”一声，惊动了景家老两口，拉亮了电灯，我和狗子，一个在门外，一个在门内，灰溜溜地出现在景家老两口惊讶的目光之下。那天晚上，我和狗子的屁股都各自挨了家长的一顿鞋底子。

在以后好几年的时间里，我几乎都忘记了无花果。一直到“文化大革命”爆发之后，秋天，我到南方大串联回来，狗子找到我，递给我几个乒乓球一样大小的圆嘟嘟的青中带紫的果子，对我说:“知道这是什么吗？”我认出来了，是无花果，问他:“哪儿弄来的？”他得意地说：“甭问哪儿弄来的，是特意给你留的，尝尝吧！”我一口气吃了两口，里面是有籽儿，但特别小，哪里像他说的那么香，还特别有嚼劲儿？那时，我才知道，其实，狗子和我一样，小时候也没吃过无花果，一直到这时候才第一次吃这玩意儿。

我不知道的是，就在我去南方大串联的时候，狗子跟着一帮红卫兵抄了景家的家。真的有些匪夷所思，他去抄景家的家，就是为了吃人家的无花果。

那天半夜里，我闹肚子，上吐下泻，没有办法，我爸把我送到医院看急诊。大夫问我白天吃什么东西了，我说没吃什么呀！再一想，是吃了无花果。

不知道为什么，从那以后，我只要一吃无花果，一准儿闹肚子。有一年，已经是第一次吃无花果过去了30多年以后的事了，在新疆库车的集市上，看到卖无花果的，那无花果又大又甜，禁不住诱惑，吃了两个，夜里就开始上吐下泻，而且发起烧来。

后来，读美国植物学家迈克尔·波伦所著的《植物的欲望》一书。我惊讶地看到他说，植物与人类有一种亲密互惠关系，人类自己也是植物物种的设计和欲望的对应物。这实在是大自然的神奇，也是命运对于人类惩戒的象征。

从此以后，我再也不敢吃无花果了。

2015年7月6日于北京

金妈妈杏

杏树，在我国是个古老的树种，起码在孔子时代就已经很旺盛，孔子讲学的地方叫作杏坛，四周就种满了杏树，可见杏树是和古柏一样神圣的树。非常奇怪的是，如今北京的孔庙里尽是柏树，没有了一株杏树。

小楼一夜听春雨，深巷明朝卖杏花。说明南宋时陆游客居京城的时候，城里或城边还是有杏树的。可如今北京城里大街小巷也难找到一株杏树，杏树都被赶到了北京城外的山上。如果往北走，过了平谷和顺义，到了怀柔和密云，才能够见到山上一片片的杏林。

我不知道杏树的沦落出自何时，也不知道杏在众多水果中的地位是否也同样在跌落。和苹果、葡萄、香蕉、梨这样的大众水果相比，杏可卖的时间极短。因为难以保存，很容易烂，一个杏烂，很快就会烂掉一筐。卖水果的，一般都不愿意卖杏。在北京，一年四季，什么水果都可以买到，真正属于时令水果的，就只剩下了杏。杏黄麦熟时节，水果摊上，卖杏只会卖那么短短的半个来月，香白杏卖过，黄杏一上市，基本就到了尾声。而且，卖的都是尖顶上带青的杏，为的是多保存几天。可是，和苹果、梨不一样，杏必须是树熟才好吃，放熟的，就是两个味儿了。

很多年以前，我到兰州，赶上杏熟时节，满街好多卖杏的，有一处在纸牌子上写着“金妈妈杏”。我见少识短，第一次见到这个名字，杏里面还有这样人情味浓的品种，不觉好奇，便买了他家的杏。卖主儿一边给我称杏，一边说：“算是你有眼光，这是我们甘肃的名产，敢说是全中国最好吃的杏！不信你就尝尝吧！”

那杏金黄金黄的，有的一面带有一丝丝隐隐的金红，颜色油亮，像抹了一层釉。而且，个头儿很大，我从来没有见过这么大的杏，一斤才有十来个。关键是确实好吃，绵沙沙的，甜丝丝的，还有一股难以言传的清香。那香不像花香那样轻浮或过于浓郁，而像是经过沉淀之后慢慢浸透你的心里。

卖杏的看着我美美地吃了第一个杏后，说：“没骗你吧？”

我问他为什么叫金妈妈杏，他答不上来，说：“反正我们这里都这么叫！妈妈呗，还有比妈妈更亲更好的吗？杏和人是一个样的！”

我自幼喜欢吃杏，每年杏上市那短短的几天，都不会放过品尝它。那时候，杏很便宜，几分钱就能买一斤。比起枇杷、荔枝这样富贵的水果，杏属于贫民的水果，连带着我童年的记忆。可以说，除了到北大荒那六年，我年年都没有和杏失约。只是最近这几年到美国去看望孩子，时间都安排在春天和夏天，没能吃得上杏。美国没有什么杏树，超市里很少见到杏，即便有，也卖得很贵，而且味道远不如金妈妈杏。那几年，每每到杏黄麦熟时节，我都非常想念北京的香白杏和大黄杏。当然，还有金妈妈杏。

今年，杏黄麦熟时节，孩子从美国回北京，没有错过吃杏。由于我喜欢吃，连带着孩子也跟着吃，连连说好吃，比美国的杏好吃！

陪孩子一起到密云的黑龙潭玩，在售票处的门外，正好遇到一位卖杏的老大娘，她蹬着一辆三轮车，车上的两个大柳条筐里装满了杏，那杏个头儿不大，黄澄澄的，在午后热辣辣的阳光下格外明亮，和她那一头白发对比得过于醒目。

我对杏没有免疫力，忍不住走了过去。其实，上午经过怀柔，我刚买过杏。老大娘笑吟吟冲我说："都是刚从树上打下来的，甜着呢！青的也甜着呢！你尝一个！"说着，她掰开一个青杏递在我的手里。我吃了这个青杏，真的很甜，便和她聊起天来，知道自打杏熟之后，她天天骑着三轮车到这里来卖。我问她家种多少棵杏树，她说："那我可没数过，每年这个季节，能打几千斤吧！"我说："这么多杏，怎么不让你家老头儿来卖？为啥你自己一个人蹬车来卖？"她一摆手，说："我家老头儿这些年一直在外面打工，哪儿顾得过来？"我说，让你孩子来卖呀！她又说："眼睛都指望不上，还指望眼眉毛？孩子考上了大学，结了婚住在城里，现在正忙活他们自己的孩子呢！”“每年这几千斤杏，都是您自己一个人蹬着车跑这里卖的？都能卖得出去吗？”她有些欣慰地告诉我：“还真的都卖出去了，借着黑龙潭这块地方，来的游人多。我卖得便宜，挣点儿是点儿，给儿子养孩子添点儿力呗！他也不容易！”说着，她拿起一个黄杏让我尝：“不买也没事，都是自家的玩意儿！”

我尝了，要说甜和香，比不上金妈妈杏，但说味道，比金妈妈杏更让我难忘。那一刻，我想起了金妈妈杏。

2016年7月11日于北京

佛手之香

那个星期天，我在潘家园旧货市场外面的街上，买了一个佛手。那时，这条街和市场里面一样热闹，摆满了小摊，其中一个小摊卖的就是佛手。卖货的是个山东妇女，十几个大小不一有青有黄的佛手，浑身疙疙瘩瘩的，躺在她脚前的一个竹篮里，百无聊赖的样子，像伸出长短不一、粗细不均的枝杈来吸引人们的注意。很多人不认识这玩意儿，路过这里都会问这是什么呀，这么难看，扭头就走了，没有人买。我买了一个黄中带绿的大佛手，她很高兴，便宜了我两块钱，说："我是大老远从山东带来的，谁知道你们北京人不认！"

这东西好长时间没有在北京卖了。记得上一次见到它，起码是40多年前了。那时，我还在读中学，是春节前，在街上买回一个，个头儿没有这个大，但小巧玲珑，长得比这个秀气。那时，父母都还健在，把它放在拒子上，像供奉小小的一尊佛，满屋飘香。

我不知道佛手能不能称为水果，它可以吃，记得那时我偷偷掐下它的一小角，皮的味道像橘子皮的味道，肉没有橘子好吃，发酸发苦，很涩。那时，我查过词典，说它是枸橼的变种，初夏时开上白下紫两种颜色的小花，冬天结果，但果实变形，像是过于饱满炸开了，裂成如今这般模样。它的用途很多，可以入药，可以泡酒，也可以做成蜜饯。彼时我买的那个佛手没有摆到过年，就被父亲泡酒了，母亲一再埋怨父亲，说是摆到过年，多喜兴呀。

以后，我在唐花坞和植物园里看到过佛手，但都是盆栽的，很袖珍，只是看花一样赏景的。在北大荒插队时，每次回北京探亲结束都要去六必居买咸菜带走，好度过北大荒没有青菜的漫长冬春两季，在六必居我见过腌制的佛手，不过，已经切成片，变成了酱黄色，看不出一点儿佛指如仙的样子了。

我们中国人很会给水果起名字，我以为起得最好的便是佛手了，它不仅最形象，而且最具有超尘拔俗的境界。它伸出的枝杈，确实像佛手，只有佛的手指才会这样如兰花花瓣修长，曲折中有这样的韵致。这在敦煌壁画中看那些端坐于莲花座上和飞天于彩云间的各式佛的手指，确实和它有几分相似。前不久看了残疾人艺术团表演的《千手观音》，那伸展自如、风姿绰约的金色手指，确实能够让人把它们和佛手联系在一起。我买的这个佛手，回家后我细细数了数，一共24根手指。我不知道一般佛手长多少佛指，我猜想，24根，除了和千手观音比，它应该不算少了。

我把它放在卧室里，没有想到它会如此香。特别是它身上的绿色完全变黄的时候，香味扑满了整个卧室，甚至长上了翅膀似的，飞出我的卧室，每当我从外面回来，刚刚打开房间的门，香味就像家里有条宠物狗一样扑了过来，毛茸茸的感觉，萦绕在身旁。我相信世界上所有的水果都没有它这种独特的香味。在水果里，只有菲律宾的菠萝才可以和它相比，但那种菠萝香味清新倒是清新，没有它的浓郁；有的水果，倒是很浓郁，比如榴梿，却有些浓郁得刺鼻。它的香味，真的是少一分则欠缺，多一分则过了界，拿捏得那样恰到好处，仿佛妙手天成，是上天的赐予，称它为佛手，确为得天独厚，别无二致，只有天国境界，才会有如此如梵乐清音一般的香味。西方是将亨德尔宗教色彩浓郁的清唱剧《弥赛亚》中那段清澈透明、高蹈如云的《哈利路亚》，视为天国的国歌的，我想我们东方可以把佛手之香，称为天国之香的。这样说，也许并非没有道理，过去文字中常见珠玉成诗，兰露滋香，我想，香与花的供奉是佛教的一种虔诚的仪式，那种仪式中所供奉的香所散发的香味，大概就是这样的吧？《金刚经》里所说的处处花香散处的香味大概也就是这样的吧？

它的香味那样持久，也是我始料未及。一个多月过去了，房间里还是香飘不断，可以说没有一朵花的香味能够存留得如此长久，越是花香浓郁的花，凋零得越快，香味便也随之消失了。它却还像当初一样，依旧香如故。但看看它的皮，已经从青绿到鹅黄到柠檬黄到芥末黄到土黄，到如今黄中带黑的斑斑点点了，而且，它的皮已经发干发皱，萎缩了，像是瘦筋筋的，只剩下了皮包骨。想想刚买回它时那丰满妖娆的样子，但让我产生的却不是美人迟暮的感觉，而是和日子一起变老的沧桑。

它已经老了，却还是把香味散发给我，虽然没有最初那样浓郁了，但依然那样清新沁人。那一刻，我忽然觉得它老得像母亲。是的，我想起了母亲，40多年前，我第一次见到佛手的时候，母亲还不老。

2009年元旦试笔于北京

青木瓜之味

大约是四年前初春的一个星期天下午，我去邮局发信。邮局离我家不远，过了马路，走两三分钟就到。就在要到邮局的时候，一个年轻的女子和我擦肩而过。忽然，她停住脚步，回头看了我一眼。那一眼的眼神很亲切，也有些意外的惊奇，仿佛认出了一个熟人。那眼神闹得我以为真的碰见了什么认识的人，便也禁不住停住脚步，看了她一眼：年龄不大，也就二十出头，模样清爽，中等身材，瘦削削的。看她的装扮，初春时节还穿着一件臃肿的棉衣，就猜得出是一个外地人，大概是打工妹。我仔细地想了想，从来没有见过这么个人，她肯定是认错了人。于是，我笑笑自己的自作多情，向邮局走去。

我走了没几步，她从后面跑了过来，跑到我的面前，这让我很吃惊，不知碰见了什么人。只听见她用南方那种绵软的声音仔细而小心翼翼地问我："你是不是肖复兴老师？"我越发惊讶，她居然叫出了我的名字，我近乎机械地点了点头。

她一下子显得很兴奋，接着说："刚才你迎面向我走来，我看着你就像。我读中学的时候就看过你写的书，你和书上的照片很像。真没有想到这么巧，今天在这里遇见了你！"

原来是一位读者，大概她这番热情的话，很能够满足我的虚荣心，尤其是听她说她喜欢我写的一些东西，特别是说她读中学的时候读我写的东西对她有帮助，一直忘不了……我就像小学生爱听表扬似的，立刻有些发晕，找不着北了，站在街头和她聊了起来，一任身边车水马龙喧嚣。

从她那话语中，我渐渐地听明白了，从小在南方农村长大，中学毕业，她没有考上大学，家里生活困难，就跟着乡亲来到了北京打工，住的地方离我家不算太远，要走半个小时左右，今天星期天休息，她是刚刚到邮局给家里寄钱，并发了一封平安家信。虽是萍水相逢，只是些家常话，却让我感到她像在掏心窝子，一下子竟有些感动，没有想到只是写了一些平常的东西，能够让心拉近，我心想这也应该说是如今没什么用处的文学的一点儿特殊功能吧。于是，我进一步犯晕，沿着斜坡继续顺溜地下滑，不知对她的热情如何回报似的，竟然指着马路对面我家住的楼对她说："我家就住在那里，欢迎你有空到我家做客。"说着把地址写给了她。她高兴地说："太好了，我一定去！"

回到家后，我就把这件意外相逢的事情当作喜帖子，向家里的人讲了，不想立刻遭到全家一盆冷水浇头，纷纷说我："你以为你遇到了知遇知心呢，别是个骗子吧？""可不是，现在骗子可多着呢，你可别忘了狐狸说几句赞扬的话，是为了骗乌鸦嘴里的肉。”“什么？你还把咱家的地址告诉了人家？你傻不傻呀？你就等着人家上门找到你头上来骗你吧！”“要真是找上门来，骗几个钱倒没什么，可别出别的事！”……

一下子，说得我发蒙。一再回忆街头和那个年轻女子的相遇和交谈，不像是个狐狸似的骗子呀，再说，她肯定读过我写的书，要不也说不出书名，并且能够对照着书上的照片认出我来呀。但家里的人说得也没有错，谁也不会把“骗子”两字写在脑门儿上，高明的骗子现在越来越多，防不胜防。这么一想，心里连连后悔，而且不禁有些发虚，嘲笑自己如此可笑，禁不住两碗迷魂汤一灌，就如此容易轻信“上当”，真是百无一用是书生。一连多天，都有些提心吊胆，怕房门真的被敲响，开门一看，是这个年轻的女子登门拜访，后果不可收拾，不堪设想。

好在一连好多天过去了，都平安无事。

时间一长，这件事情渐渐淡忘了。偶尔提起，被家人当作笑话嘲笑我一番。我心里想，即使不是骗子，也只是街头的一次巧遇或萍水相逢，别再犯傻了，被人家两句过年话一说就信以为真。即使人家不骗你，没准儿别人还怕你骗人家呢。

将近一年过去了，春节过后，我们全家从天津孩子的姥姥家过完年回家，刚上电梯，开电梯的老太太对我说：“你先等我一会儿，前两天有人来找你，你没在家，把带来的东西放在我这里了。”开电梯的老太太是个热心人，住在楼里的人要是不在家，来人送的信件报纸或其他的东西，都放在她这里。她家就住在楼下，不一会儿就拿来一包用废报纸包着的东西。回家打开包一看，是两个青青的木瓜。木瓜的旁边有一张小纸条，上面写着两行小字，大概意思是：你还记得吗？我就是那天在邮局前和你相遇的人，我一直想来看你，工作太忙了，一直没有时间。我过年回家带给你两个木瓜，是我家自己种的，只是一点儿心意。祝你写出更多更好的作品！下面没有写下她的名字，只是写着：一个你的读者。

全家都愣在那里，谁都说不出一句话来。

我永远也不会忘记这个年轻而真诚的女子，不会忘记这件事情，不会忘记这两个木瓜。总记得切开木瓜时的样子，别看皮那样青，里面却是红红的，格外鲜艳，特别是那独有的清香味道，在房间里飘曳着，好多天没有散去。

2004年元旦试笔于北京

太阳味道的西红柿

日子过得非常快，一旦成了历史，事情便很容易褪色。鲜亮的颜色总是漆在眼前或即将发生的事情上，而不在如烟的往事上。

在北大荒插队，秋天是最美的，瓜园里有吃不够的西瓜和香瓜，可以让我们解开裤带敞开吃。但过了秋天，漫长的冬季和春季别说水果，就是蔬菜都很难见到了。我们要一直熬到夏天的到来，才能终于尝到鲜，第一个鲜亮亮跑到我们面前的就是西红柿。在北大荒，我们是把西红柿当成宝贵水果吃的。想想一冬一春没有见过水果，突然见到这样鲜红鲜红的西红柿，当然会有一种和阔别多日的朋友（尤其是女朋友）见面的感觉。蠢蠢欲动是难免的，往往会等不到西红柿完全熟透，我们就会在夜里溜进菜园，趁着月光，从架上拣个大的西红柿摘，跑回宿舍偷偷地吃（如果能蘸白糖吃，那西红柿比任何水果都更要美味了）。

那时候，我最爱到食堂去帮忙，原因之一就是可以去菜园摘菜。北大荒的菜园很大，品种很多，最好看的还得数西红柿，其余的菜都是趴在地上的，比如南瓜、白菜、萝卜，长在架子上的菜总有一种高人一等的昂昂乎的劲头。但是，架上的扁豆还没有熟，北大荒的黄瓜五短身材难看死了，只有西红柿红扑扑的、圆乎乎的，样子就耐看。没有熟的，青青的，没吃嘴里先酸了；半熟不熟的，粉嘟嘟的，含羞带涩般像刚来的女知青似的羞涩；熟透的，从里到外红透了，坠得架子直弯直晃，像是村里那些小娘儿们般的妖冶……

离开北大荒好久了，还是总能想起那里的西红柿，尤其是那种皮是红的，切开来里面的肉是粉的，我们管它叫作面瓤西红柿，有种难得的味道，不仅仅是甜是酸，也不仅仅是清新是汁水丰厚，真的是其他水果没有的味道。吃着这种西红柿，躺在一望无边的麦地里，或是躺在场院高高的囤尖上吃，是最美不过的了。我们会吃完一个再拿一个，直至吃得肚子鼓鼓的再也吃不下去为止。那西红柿被晒得热乎乎的，总有一种太阳的味道。

回北京这么长时间了，总觉得北京的西红柿不好吃，酸、汁水少，没有北大荒面瓤的那种。特别是冬天在大棚里靠人造温度和催熟剂长大的西红柿，味道就更差了。而在国外有一种转基因西红柿，样子很好看，价钱也便宜，但没有多少营养，简直没法吃。

想起我母亲还在世的时候，有一年春天，在院子里种了一株丝瓜、一株苦瓜，还种了一棵西红柿。在农村长大的母亲，对于种菜很在行，夏天，这几种玩意儿全活了，长势不错，只是结的西红柿长不大，就那样青青地愣在架上萎缩了，最后只剩下一个终于长大了，渐渐地变红了。我告诉母亲别摘它，就那么让它长着，看个鲜儿吧。夏天快要过去了，整天晒在那里，它快要蔫了，从困苦中熬出来，一辈子总是心疼粮食蔬菜的母亲，舍不得看着它蔫下去烂掉，最后还是把它摘了下来。在母亲的手里，西红柿虽然蔫了，却依然红红的格外闪亮。那一天，母亲用它做了一碗西红柿鸡蛋汤。说老实话，我没吃出什么味儿来。

唯一一次吃出西红柿鸡蛋汤味道的，是30多年前，弟弟的一位从青海来的朋友，请我到王府井的萃华楼吃饭。那时他们在青海三线工厂工作，比我们插队的有钱。那时候，我已经离开北大荒回到北京好几年了。我是第一次到这样的饭店来吃饭，是冬天，是在北大荒没有水果没有蔬菜的季节，这位朋友点菜时说得要碗汤吧，要了这个西红柿鸡蛋汤。那是一碗只有几片西红柿的鸡蛋汤，但那汤做得确实好喝，西红柿有一种难得的清新。蛋花打得极好，像奶黄色的云一样漂在汤中，薄薄的西红柿片，几乎透明，像是几抹淡淡的胭脂，显得那样高雅。

我真的再也没有喝过那样好喝的西红柿鸡蛋汤了。也许，是离开北大荒太久了。也许，那仅仅是回忆中的味道。

2008年10月3日于北京

白雪红炉烀白薯

如今，冬天里白雪红炉吃烤白薯（其他地区也称作红薯、番薯等），已经不新鲜，几乎遍布大街小巷，都能看见立着胖墩墩的汽油桶，里面烧着煤火，四周翻烤着白薯。这几年北京还引进了台湾版的电炉烤箱的现代化烤白薯，立马儿丑小鸭变白天鹅一样。在超市里买的烤白薯，价钱比外面的用汽油桶烤的高出不少，但会给一个精致一点儿的纸袋包着，时髦的小妞儿翘着兰花指拿着，像吃三明治一样优雅地吃。

在老北京，冬天里卖烤白薯永远是一景。它是最平民化的食物了，便宜，又热乎，常常属于穷学生、打工族、小职员一类的人，他们手里拿着一块烤白薯，既暖和了胃，也烤热了手，迎着寒风走就有了劲儿。记得老舍先生在《骆驼祥子》里，写到这种烤白薯，说是饿得跟瘪臭虫似的祥子一样的穷人和瘦得出了棱的狗，爱在卖烤白薯的挑子旁边转悠，那是为了吃点儿更便宜的皮和须子。

民国时，徐霞村先生写《北平的巷头小吃》，提到他吃烤白薯的情景。想那时他当然不会沦落到祥子的地步，他写他尝烤白薯的味道时，才会那样兴奋甚至有点儿夸张地用了“肥、透、甜”三个字，真的是很传神，特别是前两个字，我是从来没有听说过谁会用“肥”和“透”来形容烤白薯的。

但还有一种白薯的吃法，今天在街头已经见不着了，便是煮白薯。在街头支起一口大铁锅，里面放上水，把洗干净的白薯放进去一起煮，一直煮到把开水耗干。因为白薯里吸进了水分，所以非常软，甚至绵绵得成了一摊稀泥。想徐霞村先生写到的“肥、透、甜”中那一个“透”字，恐怕用在烤白薯上不那么准确，因为烤白薯一般是把白薯皮烤成土黄色，带一点儿焦焦的黑，不大会是“透”，用在煮白薯上更合适。白薯皮在滚开的水里浸泡，犹如贵妃出浴一般，已经被煮成一层纸一样薄，呈明艳的朱红色，浑身透亮，像穿着透视装，里面的白薯肉，都能够丝丝地看得清清爽爽，才是一个“透”字承受得了的。

煮白薯的皮，远比烤白薯的皮要漂亮、诱人。仿佛白薯经过水煮之后脱胎换骨一样，就像眼下经过美容后的漂亮姐儿，须刮目相看。水对于白薯，似乎比火对于白薯要更适合，更能相得益彰，让白薯从里到外可人。煮白薯的皮，有点儿像葡萄皮，包着里面的肉简直就成了一兜蜜，一碰就破。因此，吃这种白薯，一定得用手心托着吃，大冬天站在街头，小心翼翼地托着这样一块白薯，嘬起小嘴嘬里面软稀稀的白薯肉，那劲头只有和吃喝了蜜的冻柿子有一拼。

老北京人又管它叫作“烀白薯”。这个“烀”字是地地道道的北方词，好像是专门为白薯的这种吃法定制的。烀白薯对白薯的选择和烤白薯的选择有区别，一定不能要那种干瓤的，选择的是麦茬儿白薯，或是做种子用的白薯秧子。老北京话讲：处暑收薯，那时候的白薯是麦茬儿白薯，是早薯，收麦子后不久就可以收，这种白薯个儿小，瘦溜儿，皮薄，瓤儿软，好煮，也甜。白薯秧子，是用来做种子的，在老白薯上长出一截儿来，就掐下来埋在地里。这种白薯，也是个儿细、肉嫩，开锅就熟。

当然，这两种白薯，也相应地便宜。烀白薯这玩意儿，是穷人吃的，从某种程度上，比烤白薯还要便宜才是。我小时候，正赶上三年困难时期，全国闹自然灾害，每月粮食定量，家里有我和弟弟正长身体要饭量的半大小子，月月粮食不够吃。家里只靠父亲一人上班，日子过得拮据，不可能像院子里有钱的人家去买议价粮或高价点心吃。就去买白薯，回家烀着吃。那时候，入秋到冬天，粮店里常常会进很多白薯，要用粮票买，每斤粮票可以买五斤白薯。但是，每一次粮店里进白薯了，都会排队排好多人，都是像我家一样，提着筐，拿着麻袋，都希望买到白薯，回家烀着吃，可以饱一时的肚子。烀白薯，便成为那时候很多人家的家常便饭，常常是一院子里，家家飘出烀白薯的味儿。

过去，在老北京城南一带因为格外穷，卖烀白薯的就多。南横街有周家两兄弟，卖的烀白薯非常出名。他们兄弟俩，把着南横街东西两头，各支起一口大锅，所有走南横街的人，甭管走哪头儿，都能够见到他们兄弟俩的大锅。过去，卖烀白薯的，一般都是兼着五月里卖五月鲜，端午节卖粽子，这些东西也都是需要在锅里煮，烀白薯的大锅就能一专多能，充分利用。周家这兄弟俩，也是这样，只不过他们更讲究一些，会用盘子托着烀白薯、五月鲜和粽子，再给人一根铜钎子扎着吃，免得烫手。他们的烀白薯一直卖到了新中国成立以后公私合营时，这些小商小贩统统被归拢到了饮食行业里来。

五月鲜，就是五月刚上市的早玉米，老北京的街头巷尾，常会听到这样的吆喝：五月鲜来，带秧儿嫩来吔！市井里叫卖的吆喝声，如今也成为一种艺术，韵味十足的叫卖大王应运而生。以前，卖烤白薯的一般吆喝：栗子味儿的，热乎的！以当令的栗子相比附，无疑是高抬自己，再好的烤白薯，也是吃不出栗子味儿。烀白薯，没有这样攀龙附风，只好吃喝：带蜜嘎巴儿的，软乎的！他们吃喝的这个蜜嘎巴儿，指的是被水耗干挂在白薯皮上的那一层凝固的糖稀，对那些平常日子里连糖块都难得吃到的孩子来说，是一种挡不住的诱惑。

说起南横街东西两头的周家兄弟，我想起了小时候我家住的西打磨厂街中央的南深沟的路口，也有一位卖烀白薯的。只是，他兼卖小枣豆儿年糕，一个摊子花开两枝，一口大锅的余火，让他的年糕总是冒着腾腾的热气。无论买他的烀白薯，还是年糕，他都给你一片薄薄的苇叶子托着，那苇叶子让你想起久违的田间，让你感到再不起眼儿的北京小吃，也有着浓郁的乡土气。

长大以后，我在书中读到这样一句民谚：年糕十里地，白薯一溜屁。说的是年糕解饱，顶时候，白薯不顶时候，容易饿。便会忍不住想起南深沟口上那个既卖年糕又卖白薯的摊子。他倒是有先见之明一样，将这两样东西中和在了一起。

懂行的老北京人，最爱吃锅底的烀白薯，是烀白薯的上品。那样的白薯因锅底的水烧干让白薯皮也被烧煳，便像熬糖一样，把白薯肉里面的糖分也熬了出来，其肉便不仅烂如泥，也甜如蜜，常常会在白薯皮上挂一层黏糊糊的糖稀，结着嘎巴儿，吃起来，是一锅白薯里都没有的味道，可以说是一锅白薯里浓缩的精华。一般一锅白薯里就那么几块，便常有好这一口的人站在寒风中程门立雪般专门等候着，一直等到一锅白薯卖到了尾声，那几块锅底的白薯终于水落石出般出现为止。民国有竹枝词专门咏叹："应知味美惟锅底，饱啖残余未算冤。"如今北京的四九城，哪里还能够找到卖这种"烀白薯"的？

2013年1月21日改毕于北京

面包房

那时，我的孩子小，还没有上小学。晚上，我有时会带着他到长安街玩，顺便去买面包或蛋糕。长安街靠近大北窑路北，有家面包房，不大，做的法式面包和黑森林蛋糕非常好吃。关键是，一到晚上七点之后，所有的面包和蛋糕，包括苹果派、核桃排，品种很多的甜点，一律打五折出售，价钱便宜了整整一半。当我和孩子发现了这个秘密后，这家面包房便成了我们常常光顾之地，对于馋嘴的孩子，这里如同游戏厅一样充满诱惑。

那时，售货员常常只剩下了一个人值班，坚守到把面包和蛋糕都卖出去。这是一个年轻姑娘，顶多二十三四岁的样子，有点儿胖，但圆圆脸膛，大眼睛，还是挺漂亮的。每次去，几乎都能够碰见她，孩子总要冲她“阿姨阿姨”叫个不停。“我要买这个！我要买那个！”静静的面包房，因为我们的闯入，一下子热闹起来。她站在柜台里，听孩子小鸟闹林一般地叫唤不停，静静望着孩子，目光随着孩子一起在跳跃。

渐渐地，彼此都熟了。我们进门后，她会笑盈盈地对我们说："今天来得巧了，你们爱吃的黑森林还有一个没卖出去，等着你们呢！"或者，她会惋惜地对我们说："黑森林卖没了，这个巧克力慕斯也不错，要不，你们可以尝尝这个绿茶蛋糕，是新品种。"一般，我们都会听从她的建议，总能尝新，味道确实很不错。花一半的钱，买双倍的蛋糕或面包，物超所值，还有这样一个和蔼可亲又年轻漂亮的阿姨，孩子更愿意到那里去。

有时候，我们来得早了点儿，她会用漂亮的兰花指指指墙上的挂钟，对我们说："时间还没到呢！"屋子不大，这时候客人很少，有时根本没有，她就让我们在仅有的一对咖啡座上坐一会儿，严守时间。等到挂钟的时针指向七点的时候，她会冲我们叫一声："时间到了！"孩子会像听到发号令一样，先一步蹿上去，跑到柜台前，指着自己早就瞄准好的蛋糕和面包，对她说要这个！她总是笑盈盈地看着孩子，听着孩子麻雀一样叽叽喳喳地叫个不停，然后用夹子把蛋糕和面包夹进精美的盒子里，用红丝带系好，在最上面打一个蝴蝶结，递到我们的手里，道声"再见"后，望着我们走出面包房。有一次，她有些羡慕地对我说："这孩子多可爱呀，有个孩子真好！"

面包房伴孩子度过了童年，在孩子小学三年级的时候，那一年的暑假，我们去面包房几次，都没有见到她。新的售货员一样很热情，买好蛋糕和面包，走出面包房，孩子悄悄地问我："怎么那个阿姨不在了呢？会不会下岗了呀？"那时，他们班上好几个同学的家长下岗，阴影笼罩着同学，孩子不无担心。面包房里这个好心漂亮的阿姨，是看着他长大的呀。

下一次来买面包的时候，我问新的售货员原来总值晚班的那个胖乎乎的售货员哪儿去了，怎么好长时间没见了？新售货员告诉我：“她呀，生孩子，在家休产假呢！”不是下岗，孩子放心了。那天，多买了一个全麦面包，里面夹着好多核桃仁，嚼起来，很香。

等我再见到她，大半年过去了，孩子已经升入四年级，一个学期都快要结束了。我对她说：“听说你生小孩了，祝贺你呀！”她指着我的孩子说：“这才多长时间没见，您看您这孩子长这么高了！什么时候，我那孩子也能长这么大呀！”我开玩笑对她说：“你可千万别惦记着孩子长大，孩子真的长大，你就老喽！”她嘿嘿地笑了起来，说：“那也希望孩子早点儿长大！”

时光如流，一转眼，我的孩子到了高考的时候，功课忙，很少有时间再和我一起去面包房，偶尔去一趟，仿佛是特意陪我一样。特别是考入大学，交了女朋友之后，晚上要去的地方很多，比如图书馆、咖啡馆、电影院、旱冰场、大卖场等等，面包房已经如飞快的列车驰过后掠在后面的一棵树，属于过去的风景了。只有我常常晚上不由自主地转到长安街，拐进面包房。

这期间，面包房搬了一次家，从东边往西移了一下，不远，也就几百米的样子，门口装潢一新，还有霓虹灯闪耀。里面稍微大了一些，但还是很局促，不变的是，值晚班的还常常是这个胖乎乎的姑娘，我总是这样叫她姑娘，其实，她已经变成了一位中年妇女了。没变的，是蛋糕和面包的味道，还保持着原有的水平，只是价钱悄悄地涨了几次。

有一天，我去面包房，见我又只是一个人，她替我装好蛋糕和面包，问我："您的孩子怎么好长时间没跟您一起来了？"我告诉她孩子上大学了。她点点头，然后笑着对我说："等再娶了媳妇就忘了爹娘，更不会跟您一起来了呢！"我也跟着一起笑了起来。回家见到孩子后，我把她的话说给孩子听，孩子一下子很感动，对我说："您说咱们不过只是到她那里买打折的面包和蛋糕，这么长时间了，她还能记得我，这阿姨真的不错！"我也这样认为，世上人来来往往，多如过江之鲫，莫说是萍水相逢了，就是相交很长时间的老朋友，有的都已经淡忘，如烟散去，何况一个面包房里和你毫无关系的姑娘？

星期天，孩子专门陪我一起去了一趟面包房，一进门叫声"阿姨"，她抬头一望，禁不住说道："都长这么高了！"又说你要的黑森林今天没有了。孩子说没关系，买别的。然后，两个人一个挑蛋糕和面包，一个往盒子里装蛋糕和面包，谁都没再说什么，但他们彼此望着，很熟悉，很亲近，那一瞬间，仿佛一家人。那种感觉，是我来面包房那么多次，从来没有过的。

有时候，我会奇怪地问自己：一个人，一辈子要走的地方很多，去的场所很多，一个小小的面包房，不过是你生活中偶然的邂逅，为什么会让你涌出了这样亲近、亲切又温馨的感觉？其实，哪怕是一棵树，和你相识熟了，也会有这样的感觉的，何况是人？因为熟悉了，又是彼此看着长大，在岁月的年轮里，融入了成长的感情，所买和所卖的面包和蛋糕里便也就融入了感情，比巧克力奶油慕斯或起司的味道更浓郁。

孩子大学毕业就去了美国留学，孩子走后，我很少去面包房。倒不是家里缺少了一只馋嘴的猫，少了去面包房的冲动，更主要的是自己也懒了，老猫一样猫在家里，不愿意走动，其实就是老了的征兆。那天，如果不是老妻要过本命年的生日，我还想不起面包房。生日的前一天，我对老妻说："我去面包房买个蛋糕吧！"才想起来，孩子去美国几年，就已经有几年没有去过面包房了，日子过得这么快，一晃，七年竟然如水而逝。

那天晚上，北京城难得下起了雪，雪花纷纷扬扬的，把长安街装点得分外妖娆。老远就能看见面包房门前的霓虹灯在雪花中闪闪烁烁眨着眼睛，走近一看，才发现门脸新装修了一番，门东侧的一面墙打开，成了一面宽敞明亮的落地窗。走进去一看，今天难得热闹，竟然有三个漂亮年轻的女售货员挤在柜台前，蒜瓣一样紧紧地围着一个20来岁的姑娘，叽叽喳喳地说得正欢。扫了一眼，没有找到我熟悉的那个胖乎乎的售货员。因为去的时间早，还有十来分钟到七点，我坐在一旁，边等边听她们说话。听明白了，这个姑娘和我一样，也是等七点钟买打折蛋糕的。还听明白了，是给她的妈妈买生日蛋糕的。又听明白了，她的妈妈就是面包房里那三位女售货员的同事，她们其中的两位是从面包房后面的车间特意跑出来，聚在一起，正在帮姑娘参谋，让她买蛋糕之后再买几个面包，并对小姑娘说："你妈妈在这里工作了这么多年，都是值晚班卖打折的面包和蛋糕，自己还从来没买过一回呢！你得多买点儿！"

七点钟到了，我走到柜台前，玻璃柜里只有一个黑森林蛋糕，一位售货员对我说："对不起，这个蛋糕已经有主儿！"她指指身边的姑娘。我说："那当然！"然后，我对姑娘说："你妈妈我认识！"姑娘睁大一双大眼睛，奇怪地问我："您认识我妈？"我肯定地说："当然！"小姑娘更加奇怪地问："您怎么认识的？"我笑着对她说："回家问问你妈妈就知道了！就说一个常常带着一个孩子来这里买蛋糕和面包的叔叔，祝她生日快乐！"她还是有些疑惑，也是，几十年的岁月是一点点流淌成的一条河，怎么可以一下子聚集在一杯水里，让她看得清爽呢？我再次肯定地对她说："你回家和你妈妈一说，你妈妈就会知道的！"

姑娘买好蛋糕和面包，走出面包房，身影消失在风雪之中，我转身问那三个售货员："她的妈妈是不是你们面包房里那个胖乎乎的售货员？"她们都惊讶地点头，问我："您是她以前的老师吧？"我笑而不答。她们告诉我她今年刚刚退休。这回轮到我惊讶了："这么早？她才多大呀！"她们接着说："我们这里50岁退休。"竟然50岁了！就像她看着我的孩子长大一样，我看着她的青春在面包房里老去，生命的轮回在我们彼此的身上，面包房就是见证。

2009年5月1日于北京

花边饺

小时候，包饺子是我家的一桩大事。那时候，家里生活拮据，吃饺子当然只能等到年节。平常的日子，破天荒包上一顿饺子，自然就成了全家的节日。这时候，妈妈威风凛凛，最为得意，一手和面，一手调馅，馅调得又香又绵，面和得软硬适度，最后盆手两净，不沾一星面粉。然后妈妈指挥爸爸、弟弟和我，看火的看火、擀皮的擀皮、送皮的送皮，颇似沙场点兵。

一般，妈妈总要包两种馅的饺子，一种肉一种素。这时候，圆圆的盖帘上分两头码上不同馅的饺子，像是两军对弈，隔着楚河汉界。我和弟弟常捣乱，把饺子弄混，但妈妈不生气，用手指捅捅我和弟弟的脑瓜儿说："来，妈教你们包花边饺！"我和弟弟好奇地看妈妈将包了馅的饺子沿儿用手轻轻一捏，捏出一圈穗状的花边，煞是好看，像小姑娘头上戴了一圈花环。我们却不知道妈妈要了一个小小的花招儿，她把肉馅的饺子都捏上花边，让我和弟弟连吃带玩地吞进肚里，自己和爸爸却吃那些素馅的饺子。

那段艰苦的岁月，妈妈的花边饺，给了我们难忘的记忆。但是，这些记忆，都是长到自己做了父亲的时候，才开始清晰起来，仿佛它一直沉睡着，必须我们用经历的代价才可以把它唤醒。

自从我能写几本书以后，家里的经济状况好转，饺子不再是什么圣餐。想起那些个辛酸和我不懂事的日子，想起妈妈自父亲去世后独自一人艰难度日的情景，我想起码不能再让妈妈在吃的方面受委屈了。我曾拉妈妈到外面的餐馆开开洋荤，她连连摇头："妈老了，腿脚不利索，懒得下楼啦！"我曾在菜市场买来新鲜的鱼肉或时令蔬菜，回到家里自己做，妈妈并不那么爱吃，只是尝几口便放下筷子。我便笑妈妈："您呀，真是享不了福！"

后来，我明白了，尽管世上食品名目繁多，人的胃口花样翻新，妈妈雷打不动只爱吃饺子。那是她老人家几十年一贯历久常新的最佳食谱。我知道唯一的方法是常包饺子。每逢我买回肉馅，妈妈看出要包饺子了，立刻麻利地系上围裙，先去和面，再去调馅，绝对不让别人插手。那精神气儿，又回到我们小时候。

那一年大年初二，全家又包饺子。我要给妈妈一个意外的惊喜，因为这一天是她老人家的生日。我包了一个带糖馅的饺子，放盖帘上摆好的一圈圈饺子之中，然后对妈妈说："今儿您要吃着这个带糖馅的饺子，您一准儿大吉大利！"

妈妈连连摇头笑着说："这么一大堆饺子，我哪儿那么巧能有福气吃到？”说着，她亲自把饺子下进锅里。饺子如一尾尾小银鱼在翻滚的水花中上下翻腾，充满生趣。望着妈妈昏花的老眼，我看出来她是想吃到那个糖饺子呢！

热腾腾的饺子盛上盘，端上桌，我往妈妈的碟中先拨上三个饺子。第二个饺子妈妈就咬着了糖馅，惊喜地叫了起来：“哟！我真的吃到了！”我说：“要不怎么说您有福气呢？”妈妈的眼睛笑得眯成了一条缝。

其实，妈妈的眼睛实在是太昏花了。她不知道我耍了一个小小的花招，用糖馅包了一个有记号的花边饺。

那曾是她老人家教我包过的花边饺。

1995年10月1日于北京

甜的尴尬

甜的味道，我们常常爱说的是：糖一样的甜，蜜一样的甜。在以往的年代里，甜的味道曾经是多么诱人。哪怕仅仅是一块普通硬块的水果糖，也只是在过年的时候才能够品尝得到的稀罕物。

是的，那是在物质贫匮的时代，糖的甜味，自然成了一种梦想，一种象征。到了我读中学的20世纪60年代，在三年困难时期贫困与饥饿交织而成的岁月里，人的肚子都填不饱，糖更是一种奢侈，便越发显得格外珍贵。那时候，每户每月只有半斤的糖票，可怜巴巴那一点点糖，掠过舌尖的感觉才让人越发难忘。缺少什么才会想什么，缺糖而对糖的渴望，才会如思念一样加深而与日俱增。那时，许多人家都买些现在早已经被淘汰的糖精，搅拌在水里喝，或掺在包子馅里吃，聊以弥补糖的缺失。让这种替代的赝品登堂入室，成了在那个年代里上演的糖的B角。当然，糖的B角，还可以是刚刚成熟的青玉米秸秆，那里面的一丝丝甜味，权且可以填充一丝肚子里糖分的严重亏空。

即使已经到了20世纪70年代，我们从北京探亲带回到插队的北大荒的水果糖，或者结婚的人家分发的牛奶糖，仍然是难买到的，仍然是珍贵的东西。那时候，到王府井的百货大楼买水果糖的顾客要排长队，糖果专柜利索得如机器一般一抓准的张秉贵师傅，成了全国人民熟悉的人物，便不觉得奇怪了。而在那时，我将吃过和没吃过的牛奶糖的糖纸，花花绿绿地积攒了满满的一大本，也可以说是只有那个年代才会有的爱好。说是爱好，其实是对糖和融化在糖里面那个年代的味道的一种向往和纪念。

如今，谁还会在乎糖呢？不仅不会再有对糖的那种渴望，而且对糖有些避之唯恐不及，以为糖是高血糖、高血脂、高血压“三高”乃至肥胖的罪魁祸首。于是，少吃糖成了一种趋势和时尚，不带糖的点心、酸奶和饮料等产品应运而生，对曾经被我们视为那么难得珍贵的糖退避三舍。现在讲究的口味是清淡，甜成了腻的代名词，清淡对比甜的味道，仿佛妙龄少女对比着人老珠黄。真是三十年河东，三十年河西，糖和甜，竟然如此迅速地沦落，一落千丈。

想到这些，有时让我有些莫衷一是，不知是在历史的发展中糖和甜真的走到了尽头，才出现如此的尴尬，还是我们对糖和甜有些背信弃义。别人家不说，单说我家，去年秋天我去苏州，买回两袋苏州的特产松子糖，一年过去了，一袋打开，只吃了几块，另一袋索性根本没有开封。糖和甜，就这样被我们蒙上了一层阴影，看着它们，自己不由得先叹一口气。

一直到前些日子我到了土耳其，糖和甜，才又让我的眼前一亮，仿佛他乡遇故知，让日子和许多的情景温暖地回到了从前。我不知道在世界上还有没有像土耳其这样热衷糖和甜的地方了，反正在我们这里已经没有了。那一天，土耳其的朋友带我们到伊斯坦布尔的古城一个叫作 Karakoy Guilluoglu 的地方，别看藏在窄小的胡同里，却是土耳其一家有着悠久历史的老店，楼上专门制作、楼下专门卖各种甜点，天热的时候，带凉伞的圆桌摆在门外的街上。早知道土耳其的甜点是非常有名的，没有想到的是不仅花样品种多得让我眼花缭乱，更主要的是那种甜，是我已经多年没有尝到的，或者说是根本从来就没有尝到过的。不是一般的甜，也不是齁嗓子的甜，而是深至心底乃至骨髓的甜。如果说我在北京或国内其他地方尝到的甜是一的话，那里的甜则是一百。如果说我们这里的甜只是一朵花的话，那里的甜已经是一棵巨无霸似的大树了。如此的甜，尝了几口之后，真是让我有些望而却步，同伴之中竟然吃了那里的甜点之后太不适应，以至被这般甜闹得鬼魂附体似的呕吐不止。

而土耳其人则不然，人家吃得格外来情绪，觉得是最好的享受，还热情地非要带我们上楼去参观甜点的制作过程。莫非他们不在乎“三高”和肥胖？还是他们的味蕾和我们有着很大的区别？或许他们的身体中天生就缺少糖分需要不断地补充，就如同我们普遍缺钙或肾虚一样？我实在闹不明白他们为什么对甜是如此一往情深和不可或缺。

在土耳其多待了一些日子，我渐渐地明白了一些其中的原因。糖的发现，在农业时代是一件大事，甜曾经是人类的一大欲望。由于蜂蜜和甘蔗的出现，真正糖的大量生产，在世界上普及开来，是在19世纪末期的事情了。许多曾经对于人类重要的事情，在许多地方都已经被人无情而自以为是地抛弃，以为那不过是时代的发展和人类的进化。土耳其人可贵而专一地保持着对糖和甜这一带有原始意味的感情，在土耳其其他地方，都可以买到各式各样的糖和甜点，而且几乎每一处的糖和甜点，都有自己的风味而形成当地的特产，这已经是和他们拥有的清真寺一样悠久、一样众多而值得骄傲的传统。我便也就多少明白了，18世纪英国作家乔纳森·斯威夫特为什么将甜和光明相提并论，并说这是我们人类“两件最高贵的事情”了。那是只有经历了那个时代的人才会有这样发自肺腑的至理名言。

许多高贵的事情，许多古典的情怀，就这样渐渐地离我们远去。

2003年11月30日于北京

喝得很慢的土豆汤

那天下午两点多，我和妻子路过北大，因为还没有吃午饭，忽然想起儿子曾经特意带我们去过的一家朝鲜风味小馆，就在附近，离北大西门不远，一拐弯儿就到，便进了这家小馆。

大概由于早过了饭点儿，小馆里没有一个客人，空荡荡的，只有风扇寂寞地呼呼吹着。一个服务员，是个胖乎乎的小姑娘走了过来，把我们领到靠窗的风扇前让我们坐下，说这里凉快，然后递过菜谱问我们吃点儿什么。我想起上次儿子带我们来，点了一份土豆汤，非常好吃，很浓的汤，却很润滑细腻，微辣中有一种特殊的清香味儿，湿润的艾草似的撩人胃口。不过已经过去了两个多月的时间，我忘记是用鸡块炖的了，还是用牛肉炖的，便对妻子嘀咕："你还记得吗？"妻子也忘记了。儿子在北大读书的时候，常常和同学到这家小馆里吃饭。由于是24小时营业，价格和朝鲜风味又都特别对他们的口味，非常受他们的欢迎，对这里的菜当然比我们要熟悉。大学毕业，儿子去美国读研，放假回来，和同学聚会，总还要跑到这里，点他们最爱吃的菜。可惜，儿子假期已满，又回美国接着读书去了，天远地远，没法子问他了。

没有想到，小姑娘这时对我们说道："上次你们是不是和你们的儿子一起来的，就坐在里面那个位子？"她说着一口比赵本山还浓郁的东北话，用胖乎乎的手指了指里面靠墙的位子。

我和妻子都惊住了。她居然记得这样清楚，那时，我们和儿子确实就坐在那里。

我更没有想到的是，她接着用一种很肯定的口气对我们说："那次你们要的是鸡块炖土豆汤。"

这样的肯定，让我从心里相信了她，不过，我还是开玩笑地对她说："你就这么肯定？"

她笑了："没错，你们要的就是鸡块炖土豆汤。"

我也笑了："那就要鸡块炖土豆汤。"

她望望我和妻子，像考试成绩不错得到了赞扬似的，高声向后厨报着菜名："鸡块炖土豆汤！"高兴地风摆柳枝走去。

刚才和小姑娘的对话，让我和妻子在那一瞬间都想起了儿子。思念，一下子变得那么近，近得可触可摸，就在只隔几排座位的那个位子上，走过去，一伸手，就能够抓到。两个多月前，儿子要离开我们回美国读书的时候，特意带我们到这家小馆，让我们尝尝他和同学的青春滋味。那一次，他特别向我们推荐了这个鸡块炖土豆汤，他说他和同学都特别爱喝，每次来都点这个土豆汤，让我们一定要尝尝。因为儿子出发前的时间安排得很满，我和妻子知道，那一次，也是他和我们的告别宴。所以，那一次的土豆汤，我们喝得格外慢，边聊边喝，临行密密缝一般，彼此嘱咐着，诉说着没完没了的话，一直从中午喝到了黄昏，一锅汤让服务员续了几次，又热了几次。许多的味道，浓浓的，都搅拌在那土豆汤里了。

不过，事情已经过去了两个多月，我都忘记了到底喝的什么土豆汤了，这个胖乎乎的小姑娘居然还能够如此清楚地记得我们喝的是鸡块炖土豆汤，而且记得我们坐的具体位置，真让我有些奇怪。小馆24小时营业，一直热闹非常，来来往往那么多客人，点的那么多不同品种的菜和汤，她怎么就能够一下子记住了我们，而且准确无误地判断出那就是我们的儿子，同时记住了我们要的是什么样的土豆汤？这确实让我好奇，百思不解。

汤上来了，鸡块炖土豆汤，浓浓的，热气缭绕，清香味扑鼻，抿了一小口，两个多月前的味道和情景立刻又回到了眼前，熟悉而亲切，仿佛儿子就坐在面前。

“是吧，是这个土豆汤吧？”小姑娘望着我，笑着问我。

“是，就是这个汤。”

然后，我问小姑娘：“你怎么记得我们当初要的是这个汤？”

她笑笑望望我和妻子，没有说话，转身走去。

那一天下午的土豆汤，我们喝得很慢。

结完账，临走的时候，小姑娘早早地等候在门口，为我们撩起珠子穿起的门帘，向我们道了声“再见”。我心里的谜团没有解开，刚才一边喝着汤一边还在琢磨，小姑娘怎么就能够那么清楚地记得我们和儿子那次到这里来吃饭坐的位置和要的土豆汤？总觉得一定是有原因的。那么，是什么原因呢？是因为那一次我们的土豆汤喝得太慢，麻烦让她来回热了好几次的缘故，让她记住了？还是因为来这家小馆的大多是附近年轻的大学生，一下子出现我们这样大年纪的客人，显得格外扎眼？我不大甘心，出门前再一次问她：“小姑娘，你是怎么就能记住我们要的是鸡块炖土豆汤的呢？”她还是那样抿着嘴微微地笑着，没有回答。

我只好夸奖她：“你真是好记性！”

一路上，我和妻子都一直嘀咕着这个小姑娘和对于我们而言有些奇怪的土豆汤。星期天，和儿子通电话时，我对他讲起了这件事，他也非常好奇，一个劲儿直问我：“这太有意思了，你没问问她到底是怎么回事吗？”我告诉他：“我问了，小姑娘光是笑，不回答我为什么呀。”

被人记住，总是一件让人高兴的事，不过，对于我们一家三口，这确实是一个谜。也许，人生本来就有许多解不开的谜，让生活充满着迷离的想象，让人与人之间有着神奇的交流，让庸常的日子有了温馨的念想和悬念。

又过去了好几个月，树叶都渐渐地黄了，天都渐渐地冷了。那天下午，还是两点多钟，我去中关村办事，那家小馆，那个小姑娘，那锅鸡块炖土豆汤，立刻又从沉睡中苏醒过来似的，闯进我的心头。离着不远，干吗不去那里再喝一喝鸡块炖土豆汤？便一拐弯儿，又进了那家小馆。

因为不是饭点儿，小馆里依然很清静，不过，里面已经有了客人，一男一女正面对面坐着吃饭，蒸腾的热气弥漫在他们的头顶。见我进门，一个小伙子迎上前来，让我坐下，递给我菜谱。我正奇怪，服务员怎么换成男的，那个小姑娘哪里去了？扭头看见了那一对面对面坐在那里吃饭的人中的那个女的，就是那个胖乎乎的小姑娘，对面坐着的是一个年龄四五十岁的男人，看那模样长得和小姑娘很像，不用说，一定是她的父亲。她也看见了我，向我笑笑，算是打了招呼。

我要的还是鸡块炖土豆汤。因为炖汤要有一些时间，我走过去和小姑娘聊天，看见他们父女俩要的也是鸡块炖土豆汤。我笑了，她也笑了，那笑中含有的意思，只有我们两人明白，她的父亲看着有些蹊跷。

我问："这位是你父亲？"

她点点头，有些兴奋地说："刚刚从我老家来。我都和我爸爸好几年没有见了。"

"想你爸爸了！"

她笑了，她的父亲也很憨厚地笑着，望望我，又望望女儿。

难得的父女相见，我能想象得出，一定是女儿跑到北京打工好几年了，终于有了父女见面的机会，是难得的。我不想打搅他们，走回自己的座位，要了一瓶啤酒，静静地等我的土豆汤。我的心里充满着感动，我忽然明白了，这个小姑娘当初为什么一下子就记住了我们和儿子，记住了我们要的土豆汤。人同此情，情同此理，没有比亲人之间分别的思念和相逢的欢欣，更能够让人感动和难忘的了。亲情，在那一刻流淌着，洇湿了所有的时间和空间的距离。

土豆汤上来了，抬头一看，我没有想到，是小姑娘为我端上来的。我还没有责怪她怎么不陪父亲，她已经看出了我的意思，先对我说："我们店里的人手少，老板让我和我爸爸一起吃饭，已经是很不错了。"和上次她像个扎嘴儿的葫芦大不一样，小姑娘的话明显地多了起来。说罢，她转身走去，走到他父亲的旁边，从袅娜的背影，也能看出她的快乐。

那一个下午，我的土豆汤喝得很慢。我看见，小姑娘和她的爸爸那一锅土豆汤喝得也很慢。

2004年9月15日于北京雨中

苍蝇馆子和洗脚泡菜

过去说起成都，都说是茶馆多，有“江南十步杨柳，成都十步茶馆”和“一街两个茶馆”之说。但是，我查阅的资料告诉我，成都的茶馆虽多，但比起餐馆来说，是小巫见大巫。仅以1935年的资料为例，成都茶馆共有599家，而餐馆却有2398家，其比例约是1∶4。也就是说，如果一条街上有一家茶馆的话，那么，这条街上就会有四家餐馆。根据傅崇矩的《成都通览》所载，清末成都有大小街巷516条，恰是这样子的格局。即使如今城市格局发生了巨大的变化，但是，餐馆遍布街巷这样一种景观还是没有变化。在成都街头，无论什么时候想吃饭，都比北京要方便很多，而且无论大小餐馆，味道要好很多，价钱也要便宜很多。可以想象，大街小巷，处处都会有餐馆在时刻等着你，会是一种什么样的情景？如此多的餐馆，自然会烘云托月般托出好的餐馆、好的吃食来的。

如今的成都，由于大餐馆将川菜改良，做得越发注重形象，花团锦簇般的精致，连本是热烈的火锅都变得皇城老妈江南丝绣一般针脚细密温文尔雅起来，多少将成都本土的味道用精致的刀剪给剪裁下了许多。不少成都本土人更热衷的是到那些巷子深处闻香寻美味，一般这些地方，因为地方狭窄，卫生条件差，尤其是到了夏天，人没有围上桌，苍蝇已经嗡嗡地团团地围将上来，先睹为快。成都人称这样小餐馆叫苍蝇馆子，常常是成都人的至爱，别看藏在巷子里的陋蓬茅舍，却人满为患。据说，成都人曾经专门网上投票选出成都十大苍蝇馆子，居榜首的是猛追湾的“三无餐馆”，之所以叫“三无餐馆”，是因为它根本没有名字，全靠着饭菜吸引回头客。听说它的凉拌白肉和肥牛排骨汤名气最大。前10名中，还有一家在北顺城街的苍蝇馆子，也是没有名字，因为紧靠着一个公共厕所，人们便叫它“厕所串串”，无疑卖的各种串串最为食客得意。

那天中午，正赶上饭点儿，朋友说请我吃饭，我说别到饭店，就找一家苍蝇馆子吧。他立刻打电话，说找一位苍蝇馆子的专家，这位专家可以说是成都苍蝇馆子的活地图，曾经在报纸上开过专栏。不一会儿，电话打通了，活地图问朋友：“你们现在在哪儿呢？”朋友告诉他我们的地址，他立刻脱口而出：就去吃倒桑树街的黄姐兔丁。然后告诉怎么走，这个苍蝇馆子对面的标志性建筑，老远一眼即可望见。

倒桑树街很好找，靠近锦江，离武侯祠不远。这是一条老街，街上的居民多以种桑养蚕为生。清末时，街中一株老桑树长疯了，恣肆倾斜弯曲，犹如倒长，人们便给这条街取名为倒桑树街。有活地图导航，黄姐兔丁的馆子一下子就找到了。这是一家二层小楼的苍蝇馆子，楼下楼上各能摆几张桌子，显得很拥挤。楼下已经客满，踩着木板楼梯上楼，感觉摇摇欲坠似的。拣了个临窗的座位坐下，朋友点了店家的招牌菜兔丁，又要了一盘拌折耳根、一盘清炒豌豆苗和一份水煮鱼。很快，一位大姐就把菜端上楼来，我问她可是店主黄姐，她摇头说："我是给黄姐打工的。"然后对我说，这个店马上就要拆了，要吃赶紧来。

都说苍蝇馆子卫生差，这里倒是干干净净，桌椅黑乎乎的，菜却做得绿是汪汪的绿，白是雪雪的白，折耳根的红头红得娇艳，特别是那一锅水煮鱼，味道确实不错，并非北京一些川菜馆里只剩下了单调的辣味，而没有了香气撩人，就像唱歌的只会用嗓子吼，却没有了一点儿韵味和余音袅袅。一顿饭才花了几十元，可谓物美价廉，是我此次来成都吃得最可口的一顿饭。

成都人讲究吃，和其他南方人不同，不是那种精雕细刻或繁文缛节，将味道蕴藏在大家闺秀的云淡风轻或排场之中，而是更注重家长里短，注重平民气息，注重大之外的小。我住锦江饭店，吃饭时，不管点什么菜，在端上饭的同时，必要端上一小碟免费泡菜。不是那种腌制多日发酸且咸的泡菜，而且与韩国泡菜那种重口味也不同，而是刚泡过不久，口感鲜嫩滑脆。虽是几粒青笋丁、萝卜丁和胡萝卜丁，却搭配得姹紫嫣红。

那天，朋友来访，我问这种泡菜的做法，很想回家如法炮制。我知道，有人曾总结成都有十八怪，其中一怪便是"一日三餐吃泡菜”，想来一定都会做这种泡菜的。果然，朋友立刻说：“我们管这种泡菜叫作洗脚泡菜，意思说头天晚上睡觉前用洗脚的工夫就把它腌好了，第二天一清早就可以吃了，是最简单的一种泡菜，什么也不要，只放一点盐，点几滴香油就可以了。”

我对朋友说，我对这种泡菜感兴趣，还在于它的名字。成都人给菜或给菜馆起名字很有意思，往往愿意拣最俗的名字起，你看，管小饭馆叫苍蝇馆子，管泡菜叫洗脚泡菜，在北京，没有这么起名的。朋友笑着说，北京不是皇城吗？起名字当然得气派些了。我说，北京如今起名愿意起洋名字了，你看那楼盘不是叫枫丹白露了，餐馆都得往什么塞纳河上招呼了。我们都笑了起来。起名字，其实是民俗，更是一种文化情不自禁地流露。对自己的文化有自信，才会雅俗一体，大雅即大俗，不怕叫苍蝇馆子就来不了食客，叫洗脚泡菜就没有人吃。

想起前辈作家李劼人解读川菜时将其分为馆派、厨派和家常派三种，馆派即公馆菜，类似我们今天的私房菜或官府菜，食不厌精，脍不厌细，一般认为是第一等级；厨派即饭馆做出的菜，为第二等级。但李劼人说：“馆派是基层，厨派是中层，家常派则其峭拔之巅也。”李劼人是最懂成都的人了，他道出了川菜的奥妙，也替我解开洗脚泡菜和苍蝇馆子至今依然为成都人所爱之谜。那最最俗的，恰恰是在最最雅的巅峰之上一览众山小呢。

2012年5月24日于新泽西州

第四辑

明信片与远方

人的一生，如果真的有什么事情叫作无愧无悔的话，在我看来，就是童年有游戏的欢乐，青春有漂泊的经历，老年有难忘的回忆。

明信片

有时想，为什么我国的明信片会比国外的品种要少，而且设计得简单粗暴？我们愿意毕其功于一役，在春节期间发行大量的有奖贺岁明信片，但画面变化很少，几乎都是千篇一律。或许是在平日里，人们已经很少用明信片作为传递信息和心情的一种信件了。在我的印象中，好像只有孙犁先生愿意用明信片替代书简，言简意赅，朴素清淡，宁静而致远。但是，后期孙犁先生基本也不用明信片了。我现在非常后悔，当初先生在世的时候，为什么没有在通信中请教他为什么不再用明信片了。

明信片在我们这里的沦落，我不知道说明了什么，在我的心里却是很失落。或许在一个崇尚奢华的时代，素朴典雅的明信片，就像素朴天真的姑娘，必定会随着这个时代而长大而沦落风尘吧，便也一样无可奈何花落去而难得追寻了。

对于我，明信片却显得很重要，我对它一直情有独钟。如果有朋友出国问我需要帮我带点儿什么东西，我会说帮我寄一张当地的明信片吧。今年春节前夕，我的一个朋友去芬兰的赫尔辛基执教三个月，出发前，我也是这样对他说："帮我到赫尔辛基的西贝柳斯公园买一张印有西贝柳斯雕塑头像的明信片吧。"如果是我出国到一个陌生的地方，我总要买一张当地的明信片寄回家。虽然现在电话和E-mail方便得很，我却总固执地觉得它们不如明信片可以长期保留着当时的信息和气息。即使和信件相比，明信片上面多出的画面，时过境迁之后看到它，一下子就能够想起当年的情景，一目了然而活色生香起来。特别是国外的明信片印制得都非常漂亮，无论是当地的风光风情，还是当地的名胜名人，构图都比较别致，可以当成美术作品来欣赏。当然，更重要的是流年暗换之后，明信片能够唤回我许多回忆，清新如昨而不被尘埋网封。将那些明信片摆出长长的一串，雪泥鸿爪，像是回头看自己曾经走过的足迹。

在国外买明信片，一般比较容易，旅游点都会有卖的，琳琅满目，可劲儿地随你挑。寄明信片，有时就难点儿，因为人生地不熟，有时时间又紧迫，找邮局就显得捉襟见肘。于是，在匆忙之中找邮局，就成了我旅行中有意思的经历。

那年到土耳其和波兰去了一趟。在伊斯坦布尔住在郊外，根本找不到邮局，到城里，不是去参观去购物就是去吃饭，完事了立刻上车走人，不容我有片刻时间去找邮局。那一天，到Carusel 购物，那是伊斯坦布尔的一座很大的商厦，位于闹市，门前的街道不宽，但商店林立，人流如鲫。我想附近总该有邮局吧，匆匆在 Carusel 逛了一圈，便走了出来，在四周的大街小巷找了半天，也没有找到邮局，问了好几个人，也都是一问三不知。这时候，同行的大多数人已经逛完了商厦出来坐在车上，车子很快就要开了。我不甘心，上车前又问了一位街边上好像在等人的老头，听完我的问话，他也是摇头，我正要失望，他却紧接着用英语对我说："请等等。"说罢，拔腿穿过车水马龙的街道。隔着一条街，我看见他一连问了好几个过往的行人，听不见他说话，只看见他的嘴和胡子以及手一起在动，中间不断有汽车遮挡住了我的视线，那情景就好像在看默片。我看见他似乎终于问到了，迈下马路牙子要往我这边走，我赶紧向他招手，跑了过去。果然，他问清了，邮局离这里并不远，只是藏在一条很窄的小巷里。他怕我找不到，一直送我到了那条小巷的巷口。

在华沙，从肖邦故居回来，直奔到文化宫看演出，演出要在晚上开始，时间很充裕。正好刚在肖邦故居买了几张明信片，便放心去找邮局。文化宫在元帅大街上，那里是华沙的市中心，想找一家邮局该不是难事吧，谁想一直找到了夜幕垂落华灯初上，也没有找到邮局，心想，莫非华沙人都不寄信怎么着？天黑路又不熟，那时已经不知自己在哪里，方向都弄不大清了，不敢恋战，正想打道回府，看见一个学生模样的人夹着书走过来，想就再问最后一个人。他扬起稚嫩的脸听完我的问话，让我跟着他走，便跟着他穿街走巷一路迤逦而去。迷离的夜色和闪烁的灯光洒落在他的肩头，在我们的交谈中，我知道这位华沙大学历史系三年级的学生，对中国了解还真不少，不仅知道我们的孔子，还知道我们去年举办的肖邦音乐会。有了有趣的交谈，路显得短了，面前出现绿色的邮筒，他指指说到了，然后带我走进门，替我从一个机器前取下一张纸片，上面印着号码，他告诉我先在这里等候，等到柜台前的电子荧屏上出现我的号码再去寄我的明信片。

最有意思的是前年春天去法国，在南部阿维尼翁，因为那里是个中世纪的古城，又是世界有名的戏剧之城，所以街巷中商亭前的明信片格外五彩缤纷。乱花迷眼之后，挑了一张明信片，想问人邮局在哪儿，迎面来一位英俊的小伙，匆忙之中我将post office说成了police office，小伙子一愣，脸上现出惊愕的表情，我才知道自己说错了，他以为我要找警察局呢。我赶紧扬着手中的明信片告诉他是找邮局寄明信片。他带我走进一条商业街，走进一个不大的杂货铺，向店主人说了几句我听不懂的法语，店主人拿出一张邮票，我付完钱，在明信片上贴好邮票，小伙子和我一起走出店铺，指着旁边的一个邮筒，笑了笑对我说了句那里就是“police office”，然后和我告别。

我不知道如果有外国人来到中国也想找邮局寄明信片，在时间就是金钱的今天，我们能不能有耐心和诚心为他带路去找附近的一家邮局。但我会的，因为我曾经受惠于人。可以说，在国外的任何一个地方，只要我寻找邮局，都曾经有一个陌生人帮我带过路。

明信片带给我的回忆和回味，远远超过明信片本身。

知道我有积攒明信片的习惯，我的一个学生大学毕业后到国外留学，然后定居，10多年了，到过许多国家，每到一个新的地方，不管多么匆忙，即使后来她已经是三个孩子的母亲，拖儿带女的，都不忘给我寄一张当地的明信片。什么事情能够坚持10多年，都不那么简单，水滴石穿，就这样滋润着漫长的岁月和枯燥的日子。每次收到她的明信片，我都很感动。细心的她更不忘找当地几枚纪念邮票贴在明信片上，让明信片更加漂亮。那一年是凡·高逝世100周年，她正好在荷兰一个叫作代尔夫特的小城，特意买来荷兰新发行的纪念凡·高的一套邮票，全部贴在一张明信片上。我可以猜想得到在一个陌生的小城找邮局，一定和我曾经有过的经历一样，虽然有意思，但也不那么容易。

儿子到国外留学之后，自然也不会忘记给我寄来明信片，在短短的一年时间里，寄来了6张。他到达学校的时候，是半夜，第二天起床办的第一件事，就是寄来一张明信片，画面是一头肥壮的牛。一个月后，他又寄来第二张明信片，上面印着草原上的猪。我和他妈妈一个属猪一个属牛，他在明信片上写着："亲爱的爸爸妈妈：这几天我们这里的气温突然下降了，中午还好，早晨和晚上已经很冷了，很多人都感冒了。我倒还好，只是有点儿嗓子疼，再有就是很想您们。"

感恩节放假时，他和美国同学驱车近1000公里，到同学家过节吃火鸡，感受美国人的生活。那是一个最早由斯堪的纳维亚移民建设的小城，他没有忘记在那里买一张当地的明信片寄来。

那是一张别致的明信片，是用当地的木片做成的，上面印有斯堪的纳维亚历史博物馆的黑白图案。匆匆之中，他在旁边写着几个字："爸爸妈妈，我在诺迈特，北达科他州，感恩节。很想您们。"

那年的暑假，他去了密尔沃基，那是一个靠着密歇根湖的漂亮城市，他从那里一下子寄来了两张明信片，一张上面印的是密尔沃基艺术博物馆现代派的建筑，一张上面印的是米罗的画，他在后一张明信片上面写着简单的两行话："这是米罗的画，挂在密歇根湖的边上，想起过去我们在北京看的米罗画展。等您们来了，再一起去这里看吧。"

最有意思的是，我给自己寄了一张明信片。是前年在纽约，孩子陪我和他妈妈一起去联合国总部参观，那一天正好赶上"9·11"纪念日，我买了一张印有联合国大厦前各国国旗飘扬的全景明信片，贴了张纪念联合国成立65周年的纪念邮票，在明信片上写了这样一句：今天正好是"9·11"纪念日，参观联合国大厦，祈祷世界和平。然后让全家人签上自己的名字。因为全家都出来了，家中无人，只好在明信片上写我自己收。那是给自己的纪念，也是给自己的祈愿。

明信片就这样在不知不觉中成为我和孩子乃至全家生活的一部分。在分离的时候，它不仅是到此一游的纪念，更是传递我们彼此思念和牵挂的感情方式。在一起的时候，它是我们共同留给岁月的纪念，刻在日子里的脚印，就像放翁的诗："细书灯下幸能读，旧友梦中时与游。"特别是寄明信片时，都是在行色匆匆之中，明信片上空白的位置有限，有限的字落在方寸之间，地远天长之外，纸短情长，要的是功夫。

曾经读过诗人安·沃兹涅先斯基写过的一首诗，名字就叫《明信片》，诗很短，一共八行：

从巴黎给你捎点儿什么？
除了衣裳，及其他杂物，
一张我们发黄的海报，
还有思念你的一丝凄楚。
这些礼品价值不高。
我看中了白色的凯旋门，
脑子里试量着你的身材，
它像袒露背的连衣裙。

这是我看到的有关明信片最好的一首诗了，明信片带给诗人的想象，其实也是我们到达一个新地方特别是陌生国度时，常常会触景生情而涌出的想象；而明信片带给诗人的感情，更是我们所赋予明信片的感情。即使我们不会写诗，那些明信片已经成了我们生活里别致而温馨的诗。

2012年2月改毕于北京

年轻时去远方漂泊

寒假的时候，儿子从美国发来一封E-mail，告诉我利用这个假期，他要开车从他所在的北方出发到南方去，并画出了一共要穿越11个州的路线图。出发后的第三天，他在得克萨斯州的首府奥斯汀打来电话，兴奋地对我说这里有写过《最后一片叶子》的作家欧·亨利博物馆，而在昨天经过孟菲斯市时，他参谒了摇滚歌星猫王的故居。

我羡慕他，也支持他，年轻时就应该去远方漂泊。漂泊，会让他见识到没有见到过的东西，让他的人生半径像水一样蔓延得更宽更长。

我想起有一年初春的深夜，我独自一人在西柏林火车站等候换乘的火车，寂静的站台上只有寥落的几个候车的人，其中一个像是中国人，我走过去一问，果然是，他是来接人的。我们闲谈起来，知道了他是从天津大学毕业到这里学电子的留学生。他说了这样的一句话，虽然已经过去了10多年，我依然记忆犹新：

“我刚到柏林的时候，兜里只剩下了10美元。”就是怀揣着仅仅10美元，他也敢于出来闯荡，我猜想到他为此所付出的代价，异国他乡，举目无亲，风餐露宿，漂泊是他的命运，也成了他的性格。

我也想起我自己，比儿子还要小的年纪，驱车北上，跑到了北大荒。自然吃了不少的苦，北大荒的“大烟炮儿”一刮，就先给了我一个下马威，天寒地冻，路远心迷，仿佛已经到了天外，漂泊的心如同断线的风筝，不知会飘落在哪里。但是，它让我见识到了那么多的痛苦与残酷的同时，也让我触摸到了那么多美好的乡情与故人，而这一切不仅谱就了我青春的谱线，也成了我今天难忘的回忆。

没错，年轻时心不安分，不知天高地厚，想入非非，把远方想象得那样好，才敢于外出漂泊。而漂泊不是旅游，肯定是要付出代价的，多品尝一些人生的滋味，也绝不是如同冬天坐在暖烘烘的星巴克里品尝咖啡的那种味道。但是，也只有年轻时才有可能去漂泊，漂泊，需要勇气，也需要年轻的身体和想象力，便收获了只有在年轻时才能够拥有的收获和以后你年老时的回忆。人的一生，如果真的有什么事情叫作无愧无悔的话，在我看来，就是童年有游戏的欢乐，青春有漂泊的经历，老年有难忘的回忆。

一辈子总是待在舒适的温室里，再是宝鼎香浮、锦衣玉食，也会弱不禁风、消化不良的；一辈子总是离不开家的一步之遥，再是严父慈母、娇妻稚子，也会目光短浅、膝软面薄的。青春时节，更不应该将自己的心像锚一样过早地沉入窄小而琐碎的泥沼里，沉船一样跌倒在温柔之乡，在网络的虚拟中和甜蜜蜜的小巢中，酿造自己龙须面一样细腻而细长的日子，消耗着自己的生命，让自己未老先衰变成了一只蜗牛，只能够在雨后的瞬间从沉重的躯壳里探出头来，望一眼灰蒙蒙的天空，便以为天空只是那样大，那样脏兮兮。

青春，就应该像春天里的蒲公英，即使力气单薄、个头又小、还没有能力长出飞天的翅膀，借着风力也要飞向远方；哪怕飘落在你所不知道的地方，也要去闯一闯未开垦的处女地。这样，你才会知道世界不再只是一间好看的玻璃房，你才会看见眼前不再只是一堵堵心的墙。你也才能够品味出，日子不再只是白日里没完没了的堵车、夜晚时没完没了的电视剧和家里不断升级的鸡吵鹅叫、单位里波澜不惊的明争暗斗。

意大利尽人皆知的探险家马可·波罗，17岁就曾经随其父亲和叔叔远行到小亚细亚，21岁独自一人在整个中国漂泊。美国著名的航海家库克船长，21岁在北海的航程中第一次实现了他野心勃勃的漂泊梦。奥地利的音乐家舒伯特，20岁那年离开家乡，开始了他在维也纳的贫寒的艺术漂泊。我国的徐霞客，22岁开始了他历尽艰险的漂泊，读万卷书，行万里路……当然，我还可以举出如今被称为“北漂一族”——那些生活在北京农村简陋住所的人，也都是在年轻的时候开始了他们最初的漂泊。年轻，就是漂泊的资本，是漂泊的通行证，是漂泊的护身符。而漂泊，则是年轻的梦的张扬，是年轻的心的开放，是年轻处女作的书写。那么，哪怕那漂泊是如同舒伯特的《冬之旅》一样，茫茫一片，天地悠悠，前无来路，后无归途，铺就着未曾料到的艰辛与磨难，也是值得去尝试一下的。

我想起泰戈尔在《新月集》里写过的诗句："只要他肯把他的船借给我，我就给它安装一百支桨，扬起五个或六个或七个布帆来。我决不把它驾驶到愚蠢的市场上去……我将带我的朋友阿细和我做伴。我们要快快乐乐地航行于仙人世界里的七个大海和十三条河道。我将在绝早的晨光里张帆航行。中午，你正在池塘洗澡的时候，我们将在一个陌生的国王的国土上了。"那么，就把自己放逐一次吧，就借来别人的船张帆出发吧，就别到愚蠢的市场去，而先去漂泊远航吧。只有年轻时去远方漂泊，才会拥有这样充满泰戈尔童话般的经历和收益，那不仅是他书写在心灵中的诗句，也是你镌刻在生命里的年轮。

2004年年初于北京

机场的拥抱

在南京禄口机场候机回北京，来得很早，时间充裕，坐在候机大厅无所事事，看人来人往。到底是南京，比北京要暖，离立夏还有多日，姑娘们都已经迫不及待地穿上短裙和凉鞋了。坐在我对面的女人，看年纪有30多岁了，也像个小姑娘一样，穿着一条齐膝短裙，在与节气和年龄赛跑。

来了一对年老的夫妇，坐在我身旁的空座位上。听他们一口纯正的北京话，就知道是老北京人。他们说话的声音有些大，显然是丈夫的耳朵有些背了，年龄不饶人。但看他们的年龄，其实也就70岁上下，并不太大。听他们讲话，是在苏州、无锡、镇江转了一圈，从南京乘飞机回北京。

忽然，我发现他们的声音变得小了。这样小的声音，妻子听得见，丈夫却听不清楚了。但是，妻子依然压低了嗓音在说话，只不过嘴巴尽量贴在了丈夫的耳边。我隐隐约约听见的话，是“真像！”“太像了！”他们反复说了几遍，不尽的感叹都在里面了。

声音可以压低，像把皮球压到水底，目光却把心思泄露出来。顺着这对老夫妇的目光，我发现他们的目光如鸟一样，双双都落在对面坐的这个女人身上。

我才仔细地看了看这个女人，发现她的黑色短裙和天蓝色长袖T恤，还有脚上的一双白色耐克运动鞋，很搭。还有她的清汤挂面的齐耳短发，也很搭。当然，和她清瘦的身材更搭。很像一名运动员。刚才只看到她的短裙，其实，短裙并不适合所有的女人。在她的身上，短裙却画龙点睛，让一双长腿格外秀美。

很像，这个女人很像谁呢？心里便猜，大概是像这对老夫妇的女儿吧？天底下，能够遇到很相像的一对人的概率，并不高。刚看完电视剧《酷爸俏妈》，都说里面的演员高露长得极像高圆圆。这个女人，一定让这对老夫妇想起了自己的什么亲人。否则，他们不会这样悄悄地议论，声音很低，却有些动情。能够让人动情的，不是自己的亲人，又会是谁呢？

我看见，妻子忽然掩嘴“扑哧”一笑，丈夫跟着也笑了起来。我猜想，笑肯定和对面这个女人有关，只是并没有惊动这个女人，她依然翘着秀美的腿，在看手机，嘴角弯弯的也在笑，但她的笑和这对老夫妇无关，大概是手机上的微信或朋友圈有了什么好玩的段子或信息。

“要不你去跟她说一下？”“你去说吧，我一个老头子，怪不好意思的……”我听见老夫妇的对话，看着妻子站起身来，回过头冲着丈夫说了句：“什么事都是让我冲锋在前头！”便走到对面的女人的身前，说了句：“姑娘，打搅你一下！”那女人放下手机，很有礼貌地立刻站起来，问道：“阿姨，您有什么事吗？”“是这样的，你长得特别像我们的女儿。”说着，妻子打开自己的手机给这个女人看，大概是找到自己的女儿的照片，这个女人禁不住叫了起来：“实在是太像了！怎么能这样像呢！”我忍不住看了一眼身边的这位丈夫，一直笑吟吟地望着这女人。

“我们想和你一起照张相，不知道可以不可以？”妻子客气地说。“太可以了！待会儿我还得请您把您女儿的照片发我手机上呢！”

丈夫站了起来，走到这个女人的身边，他的妻子冲我说道：“麻烦你帮我们照张相！”说着，把手机递在我的手中。我没有看到手机上的照片，不知道他们的女儿和他们身边的这个女人到底有多像，但从他们的交谈中知道女儿10多年前去美国留学，毕业后留在美国工作，工作忙，孩子又刚读小学离不开人，已经有5年没有回家了。思念，让身边的这个女人像女儿的指数提高了。

照完了相，我把手机递给那位妻子的时候，听见丈夫对年轻女人说了句：“孩子，我能抱你一下吗？”女人伸出双臂紧紧地拥抱了他。我看见，他的眼角淌出了泪花。我没有想到的是，那一刻，这个女人也流出了眼泪。

2015年4月21日写于南京归来

不要在地铁里睡觉

这是一首老歌，是英国老牌摇滚歌手彼得·墨菲（Peter Murphy）在1995年唱的，名字叫作《地铁》。我非常喜欢听这首歌，他唱得格外温情脉脉，一开始就那样缓缓低飞如同飞机要平稳安全着陆到家的感觉，充满着他歌中少有的温馨。

在这首歌里，他反复地唱道："不要在地铁里睡觉，不要在倾盆大雨里睡着。"真的让我感动，像是很少听到的一种叮咛，尤其是在人情冷漠如冰的今天，在人流如鲫拥挤的地铁里，在到处都是旁若无人地低头忙着看微信、发微信的熟人之间，在擦肩而过而面无表情却一腔心事重重随时都有可能如爆竹点燃炸响的陌生人的面孔前，特别是在夜晚最后一班地铁那昏昏欲睡的惺忪眼神里，这种叮咛是那样感人而清新，一下子让人觉得亲近，而心生温暖。更何况，这种叮咛来自一个陌生人，甚至异邦。

在现代化都市里，地铁真的是一个奇特的场所。作为城市的公共空间，地铁并不是唯一的场所，剧场、公园、广场、博物馆、音乐厅、体育场、大会堂，乃至飞机场或火车站，我们不见得每日都需要去那里，但地铁对于人们尤其对于上班族，却是不可一日能够离开。所以，地铁的新线路开通，总会让人们的眼睛随线路一起延长；而地铁的票价上涨，特别让人们的心敏感乃至脆弱。特别是道路越来越拥挤，住处越来越趋向郊区，地铁便越来越和人们密不可分。地铁的公共空间，便成了流动的空间，连接着人们从起床到工作再到睡觉的若干个公共空间和私人空间，是任何一个公共空间都无法比拟的。

只有在地铁里，你才可以看到，那么多人来来往往、素昧平生，谁也不知道谁来自何方，又将去何方；那么多人拥挤在一起，能够闻得见对方身上湿漉漉的汗的味道，能够听得见彼此怦怦的心跳，心的距离，比身子紧贴着的距离不知远多少倍。所谓近在咫尺，却远在天涯。像以前徐静蕾演的电影《开往春天的地铁》中那样的奇迹，只能在电影里发生，永远不会出现在地铁里。

所以，彼得·墨菲反复地唱道："不要在地铁里睡觉，不要在倾盆大雨里睡着。"你就会感到，这种叮咛里面，不仅仅是怕你在倾盆大雨中睡着着凉，还包含着对四周带有几分警惕的劝告，比如地铁里常见伸向女人身体的咸猪手，那些佯装睡着或看报的男人，将前身若无其事地贴在站在车厢里打瞌睡的年轻姑娘的身后，或用手掌触摸车座上已经睡着的年轻姑娘的大腿，甚至肆无忌惮地摸向她们的屁股和胸部。如今，用手机拍下的这样的照片，常常会挂在网上。在我看来，其实，这些就是彼得·墨菲歌声同声放映的画面；或者说，彼得·墨菲的歌声，是这些照片的画外音。

“不要在地铁里睡觉，不要在倾盆大雨里睡着。”唱得真好，温暖的叮咛，又带有仔细的提醒，既是出于人生况味的关怀，又是出于世事沧桑的警告，多层含义，像温暖的手臂一样将你紧紧拥抱。然后，他才会接着这样唱道：“恨是一种罪恶，这条道很窄，像冰一样薄，我们却可以在这里的某一个地方遇到。”从冷漠到不信任到警惕，再到恨，有时只有一步之遥，就在我们再熟悉不过的地铁里。

我确实得佩服彼得·墨菲，他能够准确地捕捉到生活中微妙的瞬间，让我们在地铁和他不期而遇，听他唱出那难得的温情、叮咛、宽容和期待，乃至细致入微的劝告和警告。他不是那样大而化之，不像我们在歌词中常常听得到的只是名词和形容词垒起来的“防空洞”，而是浓缩到最能够打动人心的一点上，让他的歌声飞溅出魅力四射的水珠，滋润着我们麻木而干涸的心。

听这首《地铁》，总让我想起无论是纽约、东京、巴黎的地铁里，还是我们北京的地铁里，夜晚在司空见惯摇摇晃晃的车厢里，那些北京城或来自外乡的昏昏欲睡的人；也总让我想起吕克·贝松导演的那部叫作《地下铁》的电影，那些镜头里奔忙如蚂蚁的人流，冷漠如木偶的面孔，那震耳欲聋、穿梭不停的地铁轰隆隆的响声。那些对生活的回避，对现实的逃离，孤独的流浪，漂泊无根的无奈，还有电影里面的那一支乐队……便总会情不自禁地叠印着跳进彼得·墨菲的这首歌中来。那种日子对人生的重压，日复一日的繁忙对人心的蚕食，地铁车轮撞击铁轨的隆隆单调声响，伴随着彼得·墨菲的歌声，正是对人疲惫麻木和昏昏欲睡的最好伴奏，安慰着人心，温馨地渗进人们的梦中。仿佛他就在地铁西直门站或东直门站喧嚣拥挤的哪一个角落里，抱着他的吉他，悄悄在唱着这首歌，告诉你："不要在地铁里睡觉，不要在倾盆大雨里睡着……"

真的，无论什么时候，只要一听到"不要在地铁里睡觉"，不要说是歌声，哪怕只是一句轻轻的诉说，也足以让人感动的了。在现实的生活中，除了自己的父母，谁还会在意说这样一句"不要在地铁里睡觉"的嘱咐和叮咛？就是自己的亲兄弟姊妹，也都在各自的奔波之中无暇顾及，人们变得越来越自私，越来越现实，就像罗大佑在歌里唱的那样："人们变得越来越有礼貌，可见面的机会却越来越少。苹果的价钱卖得比以前高，味道不见得比以前的好。"客气的礼貌，并不是真正的关心和爱；生日的豪华蛋糕和999朵玫瑰，代替了日常生活中一点一滴的关照。温馨和温情，已经被挤压得如同人们品尝咖啡时壶底的碎末或嘴里含过的干话梅核，可以被随手扔掉。谁还在乎这样一句再普通不过的话？

不要在地铁里睡觉，不要在倾盆大雨里睡着……

2014年12月19日改毕于北京

荒原记忆

在我国传统文化中，只有大地、乡土或原野，没有“荒原”这个词。“荒原”这个词最早出现，应该是在五四时期。那时候，有艾米莉·勃朗特的小说《呼啸山庄》和奥尼尔的剧本《啊，荒野》翻译并在国内出版，荒原才不仅作为一种文学中的情境与意象，也作为新时代的一种新词语、新象征。特别是五四之后，在冲破了旧文化的藩篱而渴求新生活的时代动荡中，荒原成为人们向未知世界挑战或征服的欲望和精神的一种存在。

曹禺就是在那个年代受到奥尼尔的影响，写作了《原野》。在我看来，《原野》是曹禺最好的一部剧，他将荒原这个富有象征意义的意想引入这部剧中。去年，他的《雷雨》重新演出遭到一些年轻人的哄笑，但在《原野》中，不会出现这样由时代造成的精神隔膜、由过于人为巧合造成的审美错位，而引发跨时空的笑声。因为《原野》中的背景，不仅仅是时代更是人类共同生存的窘境，完全可以让现代人产生共鸣，而这恰恰是《原野》不受时空限制的永恒的象征意义。荒原不是作为文本意义和象征意义，而是作为实实在在的存在，真正出现在我的面前，是在1968年7月的夏天。那一年，我21岁。我从北京来到北大荒生产建设兵团一个叫作大兴岛的地方。一个北大荒的“荒”字，就命定了它荒原的归属。大兴岛，被蜿蜒的挠力河和七星河包围。那时候，我们必须乘坐一艘柴油机动船，才能到达那座岛。乘船渡过七星河的时候，放眼望去，宽阔河水两岸都是长满芦苇的沼泽地，再远处，则是一片荒草萋萋的荒地，风吹草动，一直平铺到天边，连接看不清的地平线。那块看不清的地方，就是大兴岛，其实，就是一片荒原。在这样一片荒原包围下，机动船轰轰作响的马达声，被风声吞没，船和船上的我们，显得那么渺小。

后来，我们扎起了帐篷，开荒种地；再后来，我被调到生产建设兵团六师的师部，一个叫建三江的地方——这个名字是当时我们的师长取的，为的就是开发这一片三江荒原。所谓三江，指的是黑龙江、松花江和乌苏里江三条江包围的地盘。“向荒原进军”，是当时喊出的响亮口号。我奉命调到那里去编写文艺节目。记得我和伙伴们编写的第一个节目，是叫作《绿帐篷》的歌舞，里面的第一段歌词是这样唱的：“绿色的帐篷，双手把你建成；像是那花朵，开遍在荒原中……”

现在才知道，当年我们开发的荒原，其实是湿地，被称作“大地的肾”。这些年，知青重返北大荒，成了一种热潮。前些年，我也曾经回过北大荒，看到如今的人们正在把当年我们开发出来的地重新恢复为湿地。“保护湿地”，成为和当年“向荒原进军”一样响亮的口号。看着已经瘦得清浅的七星河和变换了色彩的原野，觉得历史和我们开了个玩笑。

后来看学者赵园的著作，她在论述荒原和乡土之间的差别时说，乡土是价值世界，还乡是一种价值态度；而荒原更联系于认识论，它是被创造出来的，主要用于表达人关于自身历史、文化、生命形态和生存境遇的认识。她还说，乡土属于某种稳定的价值情感，属于回忆；而荒原则由认识的图景浮出，要求对它进行解说与指认。

赵园的话，让我重新审视北大荒。对于我们知青，它属于荒原，还是乡土？属于乡土，可当时那里确实是一片荒原，当年我们开发荒原大多是对湿地的破坏，从严格意义上讲，并没有什么价值；属于荒原，为什么知青如今把它当作自己的故乡一样，一次次频频含泪带啼地还乡？是因为过去经历的一切，都融入那么多的感情因素？

我有些迷惘。仔细想当年荒原变良田、北大荒变北大仓的情景，和如今又恢复湿地的翻云覆雨的颠簸，该如何厘清这一切错综复杂的关系？或许对于我们知青而言，北大荒这片中国土地上很大的荒原和乡土的关系，并不像赵园分割得那样清楚。这片荒原，既有我们的认识价值，又有我们的情感价值；既属于被我们开垦创造出来的荒原，又属于创造开垦我们回忆的乡土。

我想起44年前，1971年的春节，我在师部，由于有事耽搁，等年三十要走了，突如其来的一场暴风雪，让我无法回原来的生产队和朋友老乡一起过年。师部的食堂关了张，大师傅们都早早回家过年了，连商店和小卖部都已经关门，别说年夜饭没有了，就是想买个罐头都不行。

暴风雪从午三十刮到了年初一，我只好畏缩在孤零零的帐篷里。就在这时候，忽然听到有人大声呼叫我的名字。由于暴风雪刮得很凶，那声音被撕成了碎片，显得有些断断续续，像是在梦中，不那么真实，但那确实是叫我名字的声音。我非常奇怪，会是谁呢？在师部，我仅仅认识的宣传队里的人一个个都早走了，回各团去过年了，其他的，我没有一个认识的人呀！谁会在大年初一的上午来给我拜年呢？

满怀狐疑，我披上棉大衣，下了热乎乎的暖炕，跑到门口，掀开厚厚的棉门帘，打开了门。吓了我一跳，站在大门口的人，浑身是厚厚的雪，简直是个雪人。我根本没有认出他来。等他走进屋来，摘下大狗皮帽子，抖落下一身的雪，我才看清是我们二连的木匠老赵。他从怀里掏出一个大饭盒，打开一看，是饺子，个个冻成了硬邦邦的砣砣。他笑着说道：“可惜过七星河的时候，雪滑跌了一跤，饭盒撒了，捡了半天，饺子还是少了好多。凑合吃吧！”

我立刻愣在那儿，半天没说出话来。他是见我年三十没有回大兴岛，专门来给我送饺子的。如果是平时，这也许算不上什么，可这是什么天气呀！他得多早就要起身，没有车，三十来里的路，他得一步步地跋涉在没膝深的雪窝里，他得一步步走过冰滑雪滑的七星河呀。

那一刻，风雪中的荒原和帐篷，因老赵和这盒饺子而变得温暖。真的，哪怕只剩下了这盒饺子，北大荒对于我，既属于荒原，也属于乡土。

2015年1月4日于北京

读书是一种修合

牛津大学教授约翰·凯里在他的《阅读的至乐》一书中这样说过："读书的特别之处在于——书籍这种媒介与电影电视媒介相比，具有不完美的缺陷。电影与电视所传递的图像几乎是完美的，看起来和它要表现的东西没有什么两样。印刷文字则不然，它们只是纸上的黑色标记，必须经过熟练读者的破译才能具有相应的意义。"

我赞同他的说法。电影和电视时代乃至网络时代的到来，使得农业时代传统的纸面阅读受到了强烈的冲击，约翰·凯里教授强调的"必须经过熟练读者的破译才能具有相应的意义"，对于今天我们读书而言，格外具有现实的意义。他其实就是告诉我们，如今的读书已经成为一种能力，只有具备了这种能力，才能读出书本中相应的意义，当然还有读书的乐趣。这种乐趣和意义，更注重心灵与精神的层面。

只是，我们现在常常容易忽略心灵与精神，而是更加重视挣钱、获取财富或升迁的能力。阅读的能力，越来越被我们忽略，或者仅仅沦为一种应付考试的实用的能力。和前人相比，我们读书的能力，已经大幅度地退步，起码和我们对财富能力的渴望与热度相比，不成比例。

但传统的纸面阅读，毕竟有着自己所不可取代的独特魅力。它古典式的宁静，以及在白纸黑字之间弥散着的想象力和慰藉感，是任何其他阅读方式不可比拟的，从而成为现代生活选择的一种美好的方式。它起码让我们的情感和心绪以及心灵，有了一个与之呼应而充满着悠扬回声的空间。好书总会给予我们一个与现实相对比和对应的空间。好书总能够让我们仰起头，不再只注意自己鼻尖底下那一点点，而重新看一看头顶浩瀚的天空，太阳还在明朗朗地照耀着，只不过太阳和风雨雷电同在。不要只看见了风雨雷电就以为太阳不存在了。

我国是一个拥有热爱读书传统的国家，读书应该成为我们民族不可或缺的内容之一，成为这个社会的良心，成为我们所有人感情、思想和精神的一种滋养。

读书确实是需要能力的，这样的能力，谁都需要学习，需要锻炼和培养。而这样的学习、锻炼和培养，首先需要跳出实用主义的泥沼，需要从孩子开始，从青春开始才行。因为读书和种庄稼一样，也是有季节性的，过了这村就没有这店。少年和青春时期读书，是最好的时期，最容易感受和吸收，最有利于自身心灵与精神的丰富和成长。我常会想起我小时候到青春时期的读书经历和那些读过的书，便会想，如果漫长的岁月里我没有读过这些书，会是什么样的状况？也许，日子照样过，依然活到了今天，但总觉得会缺少了点儿什么。缺少什么呢？我又说不清了，因为与看得见摸得着的过于实际的相比，它看不见摸不着，又不会那么实际实惠实用。细想一下，大概缺少的应该是少了阅读带给我的那种美感、善感和敏感，以及无穷的快感和乐趣吧？会让我的心粗糙而变成了一块千疮百孔的搓脚石了吧？是让我的精神贫瘠而变成荒原一样荒芜了吧？

有这样两句古语我很喜欢，也常以此告诫自己。

一句是放翁的诗“晨炊躬稼米，夜读世藏书”。它能让我想起我们的先人的读书情景，那时读书只是一种朴素的生活方式，自己一边煮自己躬身稼穑的米粥吃一边读书，而不是现在伴一杯咖啡的时髦或点缀。

另一句是明永乐年间开业的老药铺万全堂中的一副抱柱联：“修合无人见，存心有天知。”说的虽是医德，其实也可做读书的座右铭，读书也是一种修合，不是给别人看的，也不是为别人读的，更不是为追求功名利禄的。读书人的德行，心知书知，天知地知。

2013年3月于北京

作为诗人的列侬

正如诗人梦想成为歌手，哪怕是著名的诗人，也只是梦想而已。比如，金斯伯格正经练过一段摇滚并组织乐队公开演唱过，但到底还是没有成为一名歌手。一般的歌手要想成为一名诗人，可以说更是痴人说梦，毕竟这是两个不同的行当。在我看来，如果说歌是地上跑的白羊的话，那么诗是天上飘的白云，能够将歌升为诗，需要的不仅是才华，还要靠神助才能长上飞翔的翅膀。

但是，约翰·列侬（John Lennon）却是摇滚歌手中百里挑一的难得的诗人。所以，我听列侬在唱歌的时候，总是觉得在听一位诗人在吟唱。这和听别的歌手唱歌绝对不一样。

我爱听列侬的歌，不仅在于他在摇滚史上绝无仅有的地位，也不仅在于他那尖锐而撕心裂肺般的嗓音。我喜欢他那种对世界的关注，不是那种社论式的大气磅礴，而是他独特的诗人式的关注，完全跳出一般流行歌手的范畴。我们的一般流行歌手有时也唱些这样宏观的歌曲，只是把它们当作公益歌曲或晚会歌曲来唱唱罢了，那种别人替他们编好的词和曲调总是那样千人一面般的相似，歌词写得连他们自己都不大相信。你看得出他们的嘴巴甚至事先设计好的肢体在动，却看不出他们的心在动。列侬不是这样的，他总是能及时而准确地把握住时代的脉搏，唱出他自己的那一份感情，对这个世界做出他自己的发言。

我很难忘记第一次听列侬唱《圣诞快乐》的情景，不是圣诞，是初春的季节，回黄转绿，风在柔柔地吹，仿佛在为他的歌伴奏，是那种恰如其分的伴奏，歌声和天气一样让我感动。同样的圣诞歌曲，列侬没有唱教堂的钟声和雪地上铃儿响叮当。那一年，是越战终于结束的时刻，他唱道："现在是圣诞了，你在今年做了一些什么？又一年过去了，新的一年要来临了。现在的圣诞，我希望你能找到快乐。我身边的亲爱的人，无论是老人还是年轻人，这是一个非常快乐的圣诞，我希望再没有任何恐惧，因为战争已经结束了……"真的，我真是非常感动，这是一个歌手更是一个诗人的歌。听这样的歌，我想起听到第二次世界大战刚刚结束的消息时美国水兵在街头情不自禁地与一个女郎拥吻的那张有名的照片。我相信列侬与那个美国水兵和那个女郎的心情是一样的，只是他的歌中充满激动之后更深的感情期待，才在那一年的圣诞夜唱得这样平易却深切动人。

列侬还有一首非常有名的政治歌曲《想象》（这也是他一盘磁带专辑的名字），同样是他对世界的发言，但那绝对是诗的发言。虽然有些浪漫和乌托邦，但他对世界和平统一的向往，让你无法不感动，在感动于他的真诚的同时，感慨我们有些歌手的浅薄和贫乏。你会感到列侬一步就迈过了那种浅薄却装点得豪华如同游泳场里的蘑菇池而走向那样宽阔的水域，立刻有一种“潮平两岸阔，风正一帆悬”的感觉。那一连串的排比是他对你我这样普通百姓的直抒胸臆：“想象这里没有天堂，这很简单，如果你想试试的话。我们的下面也没有地狱，我们的上面只有天空。想象所有的人民，只为今天的和平生活；想象没有国家，想象没有杀戮，想象没有牺牲，想象没有宗教，这一切并不难做到。想象没有占有没有贪婪没有饥饿四海之内皆兄弟……你可以说我是做梦的人，但我不是唯一的一个，我希望有一天你能加入进来，那么世界就能变成一个。”

他的另一首《工人阶级英雄》，同样对普通百姓做着这样关于他这样顽固的世界梦想的真诚提示和蛊惑：“在你死时，你应该知道什么是微笑。你不应该成为墙上的照片，如果你想成为英雄，那么你跟着我。”这首歌让列侬唱得极其委婉，倾诉感很强，听起来非常像俄罗斯的民歌，尤其能让我们接受，仿佛列侬在向我们掏心窝子，一下子和我们很近，活要活出个人样来，别只做墙上的照片，即使戴着大红花再怎样风光，毕竟只是墙上的照片。

很多时候，作为歌手列侬更愿意成为诗人，更愿意成为人民的代言人，广播喇叭一样，大声发言，用我们现在的话说是主旋律。对于这个时代对于这个世界，他不回避主旋律；站在摇滚歌坛上，列侬愿意是一个大写的我。可以说，在这一点上，整个世界摇滚歌坛无人可以与他比肩。

如果仅仅这样，列侬只是马雅可夫斯基似的诗人。可贵的是列侬在很多时候毫不隐讳地将自己个人的生活融入他的歌里。这使得他不仅有能力把握宏观叙事，而且得心应手地用歌声抒发自己的微观生活。这使得他伸手可摘天上星辰、俯首可触海底珊瑚，成了上天入地般的人物，处处都能让他点化为诗行。他便和那些一般流行歌手拉开了无法逾越的距离。

列侬唱自己的生活，同猫王普莱斯利只是唱自己的爱情又不同。可以说，在摇滚史上是列侬第一次将个人生活中的亲情和友情那样真挚动人又别致亲切地融化在他的歌词和旋律里。无疑，最有名的是那首《妈妈》。那确实是一首无比动听的歌，前奏中钟声的频频响起，他歌声中每一句尾音如丝似缕的颤抖，让人心碎。在破碎的家庭中，列侬从小是在姨妈的抚养下长大，18 岁时妈妈在车祸中丧生，他对妈妈的感情是非常复杂的，他对亲情的体味才会比我们一般人深刻。在这首歌中，他将这种复杂而一往情深的感情唱得肝胆俱裂：

妈妈，你从来拥有我，
我却从来没有拥有你。
我需要你，你却不需要我，
所以我只能和你说再见。
爸爸，你离开了我，
我却从来没有离开过你。

我需要你，你却不需要我，

所以我只能和你说再见。

孩子们，

不要做我所做过的事，

我不会走，但却也想跑，

所以我只能和你说再见。

然后，他反复唱着："妈妈没有离开，爸爸回家了……"每一次的反复，都有一种让人想哭的感觉，仿佛妈妈和爸爸就站在家的门外，一开门就能见到并能让我们扑入他们的怀中。没有一个人能唱出这样对妈妈的深厚而复杂的感情。

最好的歌手无疑应该是这样的，他和时代不脱节，他又能袒露自己的心扉。他是妈妈的孩子，同时又是时代之子。

列侬的无可替代，在我看来除了他的音乐天赋外还得益于他这种得天独厚的诗人气质。正如有人写了一辈子的诗，只是将散文分行罢了；有人唱了一辈子的歌，还是一嘴大碴子味，不会有一点诗味。

列侬在一首歌中唱过这样的句子："出生时是渺小的，当你感到疼痛的时候，你长大了。"我以为这是理解列侬、走近列侬的一道门槛。问题是我们不少歌手学会的只是摇滚的形式，并没有迈进这道门槛。原因很简单，他从来没有感到过疼。

2001年6月于北京

音乐和爱情

那年的冬天，北京特别冷。一冬的前半截都暖和得没有下雪，缺少什么，就开始盼望着什么，人们盼望着下雪，等雪真的来了，寒冷伴随着朔风的呼啸也紧跟着来了，据说这是几十年来北京最冷的一个冬天了。偏偏屋子里的暖气在该需要它的时候，却疲疲沓沓烧得不顶劲儿，最高温度才14摄氏度。有一次，去吃贵州的花江狗肉来抵御寒冷，但那也只是暂时的热乎，很快浑身又冰冷了下来，弄得心情格外沮丧。那些天来，尤其是星期天休息没处可去，又冻得够呛，弄得心情十分坏，什么事情都像被冻僵了手脚一样无法做。我唯一的去处是买唱盘，然后回来钻进羽绒被里听音乐。今年的冬天，音乐帮助我抵御寒冷和由寒冷带来的坏心情。

买回的唱盘中有柏辽兹（Hector Berlioz，1803—1869）的《幻想交响曲》，其实家里早有他的唱盘，但这盘里面还有《罗密欧与朱丽叶》和《浮士德的沉沦》等作品的片段，《幻想交响曲》

也是其中的一个片段。我想多听听他的音乐，因为他素以音乐鬼才著称（由此他大概是被画成漫画最多的一个音乐家了，所谓画鬼容易画人难吧。其中就有一幅漫画画着他将电线当成五线谱，他用电线杆指挥音乐），虽然他在世时，包括瓦格纳、门德尔松在内的许多音乐家都不喜欢他。

记得有一年在国外买到一套摩纳哥出品纪念柏辽兹的邮票，十几张邮票统统画着的都是《浮士德的沉沦》的内容，能将一部音乐用绘画表现出来，而且是用这样多的画面来表现，大概也是以柏辽兹为最。

今年这个特别寒冷的冬天，居然有了柏辽兹来陪伴，寒冷中不敢说就一定有了多少温暖，起码可以不太寂寞了。本来，柏辽兹的音乐也不是那种类似门德尔松式、韦伯式、舒伯特式温暖或温馨的音乐。

《幻想交响曲》让你涌动许多莫名其妙的冥想，弦乐是那样丰腴得汁水饱满，娇艳欲滴又变化多端；《浮士德的沉沦》是另一番景色，多变的柏辽兹让你仿佛能看到鬼魅丛生、鬼火闪烁，音响效果如同节日里腾空而起的焰火，是那样色彩绚丽；《罗密欧与朱丽叶》又展示了柏辽兹别样的才华，他将传统的爱情悲剧挥洒得那样自由奔放，演奏得那样壮丽辉煌，宛若奔跑在无边无际草原上的美丽又自由自在的梅花鹿或羚羊……

冬天最寒冷的日子里，呼呼的北风肆虐地扑打着门窗，像莽撞的醉汉，找不到归家的房门。这时候，依在被窝里听柏辽兹的曲子，听他的幻想和梦想，听他的渴望和企望，除了会被他的音乐有所震撼之外，还能引出你自己的许多逝去的往事，一下子与他的旋律和窗外的寒风交织在一起，显出几分悲凉、苍凉和清凉来。这时，你的心里不是稍稍温暖，而是觉得更加寒冷，一种阴森森的感觉袭上心头，就像《幻想交响曲》第三乐章中最后定音鼓后那几声凄厉的号声，缥缈地消逝在空中。幻想，有时不是那么好玩的，对于如柏辽兹一样的鬼才，幻想成就了他，让他的音乐迸发出璀璨的火花，织出一天云锦来；对于我们这样的一般常人，幻想却常常会害了我们自己，我们以为能从大海里真的捞出普希金的金鱼来，其实最后捞出的不过只是千疮百孔的破渔网和发腥的水草。

当然，这只是我自己的感觉。在柏辽兹的音乐中，柏辽兹是另外一番模样。你能想象得出这是一个无拘无束的人，是一个踩着云彩就能飞的人，是一个一夜怒放花千树、一夜恨不高千尺的人，是一个伸手可摘日月星辰又可惊动天上仙人的人。如果将他和我国的诗人相比，他绝对不是杜甫、李商隐或李贺，而只有狂放不羁可以让高力士为他脱靴、想象力丰富能够上天入地的李白能与他比肩。贝多芬虽说也狂放，但更多的是高傲，是对现实世界的投入，而柏辽兹则是将他的音乐挥洒在想象的世界里。无论柏辽兹像谁，有一点可以肯定，柏辽兹不是一个快乐的人，不是一个如意的人，虽然，他有过快乐和如意的时候。他的内心里藏有太多的痛苦，许多能够得到而未得到，许多美好和他失之交臂，或被他拱手相让。他的痛苦在于他不仅让他的音乐常常生存在他的想象世界里，同时也让他自己常常生存在这个他自造的想象世界中。也许艺术在想象的世界中才会得以成功，而生活在想象的世界中却常常会事与愿违。柏辽兹常常混淆了想象世界与现实世界的区别、艺术世界与现实世界的区别。

我一直这样认为，如柏辽兹这样一个音乐家的音乐如此，他的生活和性格一定也会不同凡响。很难想象一个在日常生活中循规蹈矩的人，穿衣服要系上风纪扣、过马路一定要走斑马线的人，会有如此超凡脱俗的想象力和奔放洒脱的创造力。这是肯定的，柏辽兹之所以成为柏辽兹，就因为他是这样一个被当时的人也被现代许多人议论的人。曾经创作过电视连续剧《柏辽兹》并将剧本编写为小说《柏辽兹》的法国导演阿兰·布瓦耶说："爱他，恨他，悉听读者尊便……唯祈读者更能了解他。"其实，了解他，同理解他的音乐一样，都不是那么容易的事。

就我个人而言，我知道柏辽兹一生都在追求爱情，只是他所追求的爱情和我们一般常人所理解的恋爱、结婚以至居家过日子的那种平常意义上的爱情，并不一样。他所追求的爱情是他想象世界中的，就像一个画家永远总是把他心目中的爱情涂抹在画布上。所以，他爱的女人一个紧接着一个，他结婚又离婚，然后再结婚，他的一生可以说就是由一个个女人和一场场内心备受折磨的痛苦，再加上由此诞生的一支支乐曲，拼贴而成的。但是他找到了他理想中或者更准确地说他想象中的爱情了吗？我以为他没有。女演员亨丽达和李茜奥是吗？钢琴家莫克是吗？童年时就爱上的那位“有一双大眼睛，穿着粉红色的鞋子”的霭丝黛是吗？

他说他自己最喜欢在下着滂沱大雨的时候到蒙马特墓地去，因为那里埋葬着他死去的前妻。他还说：“人世间只有活在心中的东西才是真实的。”他至死相信他所追求的爱情，他以为所有他曾经爱过的一切，都不会死去，都长久地活在他的心中。

然而，一切真的如他所说的那样吗？

他深爱着的亨丽达，开始并不爱他，当亨丽达小姐33岁（她比柏辽兹大3岁）青春长逝，并且带有1.4万法郎的债务，又出现在他的面前的时候，他还是如以前一样深深地爱着她，并毅然决然地娶她为妻。在他的眼中，33岁的亨丽达小姐还是演莎士比亚戏剧中的年轻美丽的奥菲丽娅和朱丽叶，岁月在他的心中并没有褪色和苍老。与其说他仍然爱着亨丽达小姐，不如说他爱的是他幻想中的奥菲丽娅和朱丽叶。

他童年时就悄悄单恋着的霭丝黛——霭丝黛比他大6岁，他总是爱上比他大的女人，说明他有恋母情结——童年时只要一见到霭丝黛，他就有一种被雷电击中一般的感觉，却始终没敢向她表达感情。在他61岁的时候，两个妻子先后死去，不少曾经爱过的女人也都离他而去，他最凄凉而孤独的时候，忽然又想起了霭丝黛，竟然发了疯似的不远千里奔赴家乡去看望霭丝黛，但霭丝黛已经搬家到意大利的热那亚去了，他又拖着迟缓的步子赶去热那亚，终于见到了童年的梦中情人霭丝黛，她已经是一个满脸核桃皮一般皱纹纵横的老太太，年龄都快70岁了。但是，柏辽兹还是感动不已，老泪横流。

以前，每想到这里，我常常会为柏辽兹感动，但现在，在这个北京最冷的寒风呼啸的冬天，听他的音乐再次想到他这件往事时，我在想，这真的就是柏辽兹追求到的一份爱情吗？年近70岁的老太太，在他的眼里其实还是童年时的霭丝黛，岁月在他的幻想中发酵，他心中爱恋的依然是童年时见到的那位“有一双大眼睛，穿着粉红色的鞋子”的霭丝黛。同亨丽达一样，他仍爱着的只是童年的梦中情人而已。或者说，他爱着的只是心中自造的一种顽固的幻想而已。

想到这里，也就明白了，柏辽兹为什么有不同凡响又别具一格的《幻想交响曲》了；也就明白了，在这首《幻想交响曲》第一乐章中有一个动人的乐句主题，是来自柏辽兹童年时期单恋霭丝黛时偷偷写下的一支浪漫曲。柏辽兹一生生活在幻想里。

我还是顽固地相信，对于艺术家，在现实世界追求不到，便在他所创作的艺术世界里获得；同时，对于艺术家，现实中的情感总是会和艺术中的情感混淆而倒置。也许，现实中并没有什么真正的爱情，所以才会有动人的艺术出现吧？如果柏辽兹真的和霭丝黛在年轻时就结为百年之好，还会有动人的《幻想交响曲》吗？从某种意义上讲，包括音乐在内的听觉艺术，都是现实中缺少或不可得的一种填充物，是一种幻想，是一种白日梦。于是，才有了这许多比现实美好得多的艺术，才能在这个北京最寒冷的冬季听到柏辽兹这些美妙无比、才华横溢的音乐。

柏辽兹曾经说过："音乐和爱情是灵魂的两只翅膀。"其实，这两只翅膀是一个含义，都是想象或幻想。他是依靠这两只翅膀在这个世界上飞翔了66年。我们能吗？我们拥有这样两只翅膀吗？

1998年7月10日于北京

光就是从那儿来的

艺术从来都是痛苦的结晶，或是身世，或是精神的痛苦，才使得艺术在心灵的磨砺淘洗中得以升华，变得神圣、高贵而高尚。

我们爱说高尚，不爱说高贵，以为高贵是资产阶级或者贵族的专利。其实，没有精神上的高贵和境界上的神圣，人是高尚不起来的。

《弥赛亚》是亨德尔历经苦难之后倾注全部热情创作的一部清歌剧。这部作品的第二部《哈利路亚大合唱》，表现的是耶稣遭受苦难和复活。这里融入了亨德尔自己的情感和经历的影子。亨德尔在创作《弥塞亚》之前曾经破产，因而贫穷如洗、病倒半身不遂；在这之后更有双目失明的悲惨遭遇。

我没有听过《弥赛亚》的全剧，只听过其中的“广板”，真是百听不厌。那动人的旋律，让人感到只有来自深山未被污染的清泉，或者来自上帝手中为信徒洗礼的圣水，才会这样透明纯洁，能把我们尘埋网封的心滤就得明朗一些。有的音乐是发泄，有的音乐是自言自语，有的音乐是浅吟低唱，有的音乐是搔首弄姿，有的音乐是卖弄风情……亨德尔的这一段“广板”是来自天国的音乐，是来自心灵的音乐，它可以让人的心灵美好崇高，它可以让人面对躁动、喧嚣和污染保持一份清明纯净。据说，《弥赛亚》在伦敦上演，当演唱到第二部《哈利路亚大合唱》的时候，在场的乔治二世深受感动，禁不住肃然起立，躬身倾听，带动在场所有的观众都站立起来恭听。从此，形成了规矩，在世界各国演出，只要演唱到这里，观众莫不如此肃然起立。亨德尔的音乐和整个音乐大厅连带周围的世界，都充满神圣而庄严的气氛。

我很难想象这种情景。我们现在还能够出现这种情景吗？会有一种音乐，或者其他的一种艺术，能够让我们怀有如此圣洁、如此神往的心情和心地自觉而虔诚地肃然起立，去聆听、去拜谒吗？

我们的心和我们的艺术，都难以滤就得如此水晶般澄净空明，宗教般虔诚景仰了。看看我们周围，当丑角变成了人生的主角，当小品成了舞台上的中心，当肥皂剧占据了人们的视线，当浅薄的二三流歌星膨胀为所谓的音乐家……我们就知道亨德尔的时代已经无可奈何地离我们远去了；亨德尔时代艺术所拥有的那种高贵神圣的感觉，已经无可奈何地离我们远去了。现在，我们的剧场、音乐厅可以越盖越高级，我们还创造出了更为方便而现代的电视、音响，CD、VCD、iPod……我们可以躺在被窝里、依偎在鸳鸯座里，嚼着泡泡糖、豪饮着冰啤酒，去听去看这些所谓的艺术，怎么可能会再自觉自愿一往情深地肃然起立，去聆听、去欣赏亨德尔的《弥赛亚》呢？

知道亨德尔的人不会太多，而把心和艺术商品化、时装化、世俗化、市侩化，化装成五彩斑斓的调色盘，腌造成八宝甜粥、九制陈梅的太多了。

满街连商店里都安上了高音喇叭，响起招揽生意的震天响的音乐，真正的音乐已经离我们而去。

一些人的口中唱着流行的爱的小调，真正的爱已经变成人们嘴里肆意咀嚼的泡泡糖。

也许，亨德尔的音乐和时代，都离我们太遥远、太古典。现代人已经没有了这种情感、庄严和信仰。我们的情感和信仰都已经稀释得缺少了浓度，单薄得比不上一只风筝，自然只会随风飘摇；庄严和神圣，当然就只成了我们唇上的一层变色口红，或者我们西服上的镀金领带夹。

我却为那种遥远、古典的情景和情怀而感动，并对此充满向往。人类之所以创造出了音乐和其他艺术，不就是为了让我们庸常的人生中能够涌现出这样的时刻吗？不就是能够让我们看到天空并不尽是污染，而存在着水洗般的蔚蓝、天使般的星辰和光芒万丈的太阳吗？它们就辉耀在我们的头顶并审视着我们的心灵，让我们的心得以伸展而不至于萎缩成风化的鱼干；让我们的精神知道还有美好的彼岸而不至于搁浅在尔虞我诈、物欲横流的泥沼。人只有在艺术的世界里，才能超越自身的局限和龌龊，创造出至善至美的神圣境界。

亨德尔的《弥赛亚》，为我们创造出了这样神圣而美好的境界。并不是所有的音乐、所有的艺术，都能够创造出这种境界的。难怪亨德尔对《弥赛亚》格外钟爱，在去世前八天，抱着病危的残躯，仍然坚持参加《弥赛亚》的演出，出任管风琴演奏。《弥赛亚》中，有亨德尔的心血，更有他的信仰。让蚯蚓般青筋暴露并颤抖的手指弹奏管风琴，看全场的观众肃然立起，庄严闪烁的目光和他的目光交融相碰，那是一种什么样的感人情景呀？

晚年的海顿，在伦敦听到《弥赛亚》时，禁不住老泪纵横，淌满脸颊。他由衷地赞叹："这是多么伟大、神圣的音乐！"他由此发誓："我的一生中一定也要创作出这样一部音乐！"

看来，海顿的心和亨德尔是相通的。海顿从伦敦回到维也纳，开始创作他的《创世记》。每天写这部音乐之前，海顿都要虔诚地跪拜在神像面前，把心袒露给上天。我们现在对自己的艺术还会有这样的虔诚吗？我们不必跪拜在神像面前，我们只要求将手洗得干净一些，将尘埋网封的心抖落得明亮一些，将我们过早长出的老年斑去掉几块，每天能够做得到吗？

《创世记》在维也纳演出的时候，海顿已经病卧在床，但坐在安乐椅上，他依然来到音乐会上。当听到全剧的高潮，

《天上要有星光》一曲响起的时候，77岁的海顿，竟然不顾老迈病重，神奇地从安乐椅上一下子站起来，情不自禁地指着上天高声叫道："光就是从那儿来的！"说罢，他就倒下再未醒来。

第一次在书中读到这里时，我被感动得湿润了眼角。以后，每逢想到这里时，都让我的心里泛起激动的涟漪。我的耳边似乎总响起海顿苍老而激动人心的声音："光就是从那儿来的！"

光到底是从哪儿来的？我们现在知道吗？我们现在还关心光到底是从哪儿来的这样的问题吗？我们还能够像海顿一样即使到死之前也要抬起头颅，去寻找光是从哪儿来的吗？

每逢想到这里，我为自己和我们这个越发物化的世界而惭愧。我便情不自禁地问自己也问这个世界：现在还会出现这种情景吗？莫非我们以为我们站在了光明灿烂的中心，已经不再需要寻找光的照耀了？莫非它真只是一个遥远而过时的古典情景，只可远看，不可走近，难以重返现代人的心中？

是海顿和亨德尔在我们的眼里变得越来越疯疯癫癫、傻里傻气，还是我们的艺术包括我们自身已经变得俗不可耐，越来越实际实用实惠，退化得失去了这种庄严神圣的撼人心魄的力量？

我们的视力已经无可奈何地减退，看不到"天上要有星光"，更看不清光到底是从哪里射在我们的头顶。我们便无法将那束庄严而神圣的光收进我们的心中。

亨德尔生前曾经说过这样的话："假如我的音乐只能使人们

愉快，那我很遗憾；我的音乐的目的是使人们高尚起来。”

我们应该让我们自身和我们的艺术高尚起来。谁，哪一束光，或者什么力量，可以帮助我们高尚起来呢？

1998年于北京

寻找贝多芬

有一段时间，我突然不喜欢贝多芬，而把兴趣转向勃拉姆斯和德彪西。我觉得世上将贝多芬那“命运的敲门声”过分夸张，几乎无所不在，不仅在文学作品中屡见不鲜，以此为主人公命运的点缀，就连詹姆斯·拉斯特和保罗·莫里亚的现代轻音乐队，也可以肆意演奏他的《命运》，强烈的打击乐莫非也能发出“命运的敲门声”吗？这很像那一阵子将莎士比亚的《奥赛罗》改成我们的京戏，让人啼笑皆非。过分夸张，可以成为漫画，但那已经绝不再是贝多芬。而天天、处处听那“命运的敲门声”，实在也让人受不了。贝多芬既非指照明灯那样的思想家，也不能通俗得如同敲打不停的爵士鼓。

其实，那一段时间，我如一些浅薄的人一样，对贝多芬所知甚少。除《命运》《英雄》之外，他还有着浩瀚的音乐财富。

一个闷热不下雨的夏天，我忽然听到美国著名小提琴家亚沙·海菲兹演奏的小提琴曲。那乐曲荡气回肠，一下子把我带入另一番神清气爽的境界。其实是乐曲的第二乐章，柔美抒情中带着绵绵无尽的沉思，那音乐主题由小提琴带动不同乐器反复出现，真让人感到面前有一幅动情的画在徐徐展开，呈现出层次丰富而色彩纷呈的画面，那乐曲让我深深感受到天是那样蓝，海是那样纯，周围的夜是那样明亮、深邃、清凉一片而沁人心脾……

后来，我知道，这同样是贝多芬的乐曲：《D大调小提琴协奏曲》。

贝多芬原来也还有这样近乎缠绵而美妙动情的旋律。我也知道：正是创作这支协奏曲那一年，贝多芬与匈牙利的伯爵小姐苔莱丝·勃朗斯威克订了婚。他将他的爱情心曲融进那七彩音符中。

贝多芬不是完人，却是一位巨人。当我更多地接触了一些他的音乐作品后，才深感自己是面对一座高山、一片森林，原来却以一石一叶而障目，自己远远没有接近这座山、这片森林。贝多芬并不是夏日流行的西红柿和冬天储存的大白菜，俯拾皆是。他不能处处时时为你敲门，也不会像恋人般无所不在地等候与你相逢。他需要被寻找，需要用心碰他的心。

春天，我从海涅的故乡杜塞尔多夫出发，到科隆，然后来到波恩。我是专门来寻找贝多芬的。在这座城市波恩小巷20号的二层小楼上，1770年12月16日，诞生了这位音乐巨匠。

那一天到达波恩已是黄昏，天在下着蒙蒙细雨，沾衣欲湿，如丝似缕。踏上通往波恩小巷的碎石小道，我心里很为曾经对贝多芬的亵渎而惭愧。对一个人的了解是世上最难的事。对音乐的认识，我真的还处在识简谱阶段。此番之行，算是对贝多芬真诚的道歉。

我不止一次听贝多芬《月光奏鸣曲》和《D大调小提琴协奏曲》，每一次都为他的深情感动。贝多芬在作了这首小提琴协奏曲4年之后，与苔莱丝小姐的婚事未成，沉重的打击迎接了他，但他依然源源不断地创作出《热情》《田园》那样美妙动人的乐章。我相信这是他那矢志不渝的爱的结晶。要不为什么在10年后，贝多芬提起苔莱丝仍然说："一想到她，我的心就跳得像初次见到她时那样剧烈！"而且写下那一往情深的《致远方的爱人》声乐套曲。

不管别人如何理解贝多芬，我心目中的贝多芬的外表，绝不像街头批量生产的那种贝多芬石膏头像，也不是被人们形容的那种"狮子式鼻尖和骇人的鼻孔"的李尔王式的悲剧人物。我懂得，他所经历的痛苦远远比我们一般凡人多得多，但他绝不仅仅是一个天天咬着嘴角、皱着眉头、忧郁而愤恨的人。正由于他对痛苦的经历与认识比我们多，对爱欲欢乐渴望的意义才比我们更为深刻，更为刻骨铭心而一往情深。他不是那种描绘性的作曲家，而是用自己的深情、自己的心和灵魂进行创作的音乐家。我想，正因为这样，在他创作的最后一部《第九交响曲》中，既有庄严的第一乐章的快板，也有如歌的第三乐章的慢板，更有第四乐章那浑然一体高亢而情深的《欢乐颂》。听这样的音乐实在是灵魂的颤动，是心与心的碰撞，是感情世界的宣泄，是人与宇宙融为一体的升华。

雨丝飘飘洒洒，似乎也沾染上了贝多芬动人的旋律。暮色中的波恩笼罩着几分伤感的情调。小巷不长，很快便到了一座并不高的小楼前：淡藕荷色的墙，苹果绿的窗，翡翠绿的门，门楣上雕刻着橙黄色的花纹——均是新油饰而成。墙上排雨管边镶着一块木制门牌，阿拉伯数字“20”分外醒目。这便是贝多芬的故居？简陋而显得寒酸，如同他最后指挥《第九交响曲》一样，连一身黑色燕尾服都没有，只好穿件绿色燕尾服将就。至于那门窗墙的颜色搭配得不协调，简直像是出自小学生之手，这未免太委屈了贝多芬。只有门前两个方形的小小的花坛中栽满红的黄的不知名的小花，在雨雾中含泪带啼般楚楚动人。

可惜，我来晚了，早过了参观时间，绿门已经紧闭。我无法亲眼看看贝多芬儿时睡过的床、弹过的琴和他那些珍贵的手稿。我只有默默地仰望着二楼那扇小窗，幻想着这一刻贝多芬能够从中探出头来，向我挥一挥手；或者从那窗内飘出一缕琴声，伴随着他那一阵阵咳嗽声……

没有，什么也没有。只有雨还在如丝似缕地飘洒，只有门前的小花在晚风中悄悄细语。但我分明已经感受到了贝多芬本人的气息！我终于找到了他，虽未能认识他的全部，但毕竟结识了他！我的心头掠过一阵音乐声，是我自己谱就的，虽然不成体统，却是真诚的，从心底发出的。我相信它一定能长上翅膀，飞进小楼的窗中，飞进历史苍茫的岁月，飞到熟睡的贝多芬身旁……

街灯，在这一刹那全亮了。雨中朦朦胧胧的一片，像眨动着无数只小眼睛。哪一双眼睛是属于贝多芬的？

就在这20号门旁，是一家小商店。它的对面也是一家商店，不远处可以看见有汉字招牌的中国餐馆。每一家都灯火辉煌，正是生意兴隆时分。唯独20号这幢楼暗暗的静静的，睡着了一样。

就这样默默地走了，真不甘心！一步一回头，总觉得那窗口、那门前、那花旁、那雨中，宽脑门儿的贝多芬会突然出现。那样的话，我敢说那些商店餐馆里的人都会涌出，所有辉煌的灯光也会黯然失色。

走出小巷不远，是市政大厅前宽敞的广场。我真的看见了贝多芬，他穿着一件破旧的大衣，手搭在胸前，目光严峻却不失热情地望着我。那是屹立在那里的一座贝多芬雕像。在这里，即使没有雕像，贝多芬的影子也会处处闪现，他的音乐晚会日夜不息地飘荡在波恩小巷乃至整座城市上空，然后顺着莱茵河一直飘向远方。

广场旁传来一阵六弦琴声。那里，在一家商店的屋檐下，一位流浪歌手正在演奏。在杜塞尔多夫，在科隆，我都曾经见过他。他似乎只管耕耘，不问收获，每次不管听众有几个，也不管有没有人往他放在地上的草帽里扔马克，他一样充满激情而忘我地演唱或演奏。这一天，同样没有几个人在听，他同样认真而情深意长地弹着他的六弦琴。

我听出来了，那是贝多芬的《致爱丽丝》。

1989年4月记于波恩

谁打翻了莫奈的调色盘

想念吉维尼已经很久。

吉维尼是一个小村子，那里有莫奈的故居，人们都叫它吉维尼花园。那是莫奈在43岁那年买的一块地，他在那里住了43年，住了人生的整整一半，86岁那年在花园里去世，他的墓地就在吉维尼村的教堂边上。

莫奈刚买下吉维尼这块地的时候，他的妻子刚去世不久，那时，他的画卖得并不好，他只是把这块地种成了花园。有意思的是，他的赞助商破产，赞助商的老婆却成了他的续弦。我没有研究过莫奈的生平传记，心里猜想大概她看中了莫奈的才华，对莫奈有底气。果然，莫奈住进吉维尼不久，画一下子卖得好了起来，声名鹊起，财源滚滚。莫奈便又买了花园边上的另一块地，把它改造成了池塘，种了好多的睡莲，建起了那座有名的日本式太古桥。他还成功地把流经吉维尼村外的塞纳河水引进他的池塘，而这一切都需要钱来做支撑的。莫奈的吉维尼花园渐渐地和他的画一样有名。

再次到达巴黎，当天下午我就驱车去了吉维尼，弥补上次来巴黎没有去成的遗憾。那里距巴黎70多公里，不算远，但已经不属于巴黎的郊区，属于诺曼底。一路林深叶茂，浓郁的绿色，将天空都染得清新透明。过塞纳河右岸不远就应该到了，但我们却在乡间小道上迷了路。僻静的乡村，找不到一个人，玫瑰花开得格外艳，樱桃树上的小红果结得那样寂寞。来回跑了好多冤枉路，终于找到莫奈故居的时候，天已近黄昏，依然游人如织。窄小的入门处，如一个瓶口，进入里面，立刻轩豁开朗，如潘多拉魔瓶水银泻地一般，展现在眼前的是莫奈的花园，姹紫嫣红，铺铺展展，热闹得像一个花卉市场。据说所有的花都是莫奈亲自从外面买来，品种繁多，色彩缤纷，叫都叫不出名字。其中最引人注目的是花朵硕大的虞美人和鸢尾花，那曾经是莫奈最爱的花。不过说实在的，和我想象的不大一样，和莫奈画过的花园也不大一样，眼前的花园显得有些杂乱无章，就像并不懂得园艺的一个农人将种子随便那么一撒，任其随风生长，花开得虽然烂漫，却没有什么章法，各种颜色交织在一起，像一匹染得串了色的花布。

也许，我对比的是法国凡尔赛、枫丹白露宫，或舍侬索城堡的皇家花园，那里的花园整体如同几何圆规和三角板的切割，像裁缝手中胸有成竹的剪裁。而莫奈要的是像风一样的自由。

不过，说实在的，莫奈故居的那座主体建筑的二层小楼外墙面上涂的是粉嫩颜色，窗户和外走廊栏杆、阶梯涂的都是翠绿的颜色，可真是让人觉得有些怯，心想这不该是最懂得并最讲究色彩的莫奈选择的颜色呀。这应该是还没有度过童年的小公主愿意涂抹的颜色，哪里是一个老头子的选择呀？没办法，再伟大的画家也有世俗的一面，面对自己的选择也会有马失前蹄的时候。

小楼里人满为患，几乎到了摩肩接踵的地步。没有想到莫奈故居居然有这么多的游客，而且很多是日本人，莫非因为在这里有莫奈特意从日本买来的许多东西，包括家具和碗碟，墙上挂着不少日本的浮世绘，日本人便千里迢迢来这里对莫奈投桃报李吗？

最漂亮的，要我说，是花园后面的池塘。通往池塘的小径，一边有小溪环绕，一边是树木葱茏，花开得灿烂，如同热情好客的向导，一路逶迤引你走去。有几座小桥和花门可以进得池塘，一碧如洗的水上，睡莲的叶子静静地躺着，和花园的喧闹有意做了对比似的，一下子安静了下来，让心滤就得澄静透明。还没到睡莲开花的季节，亭亭的叶子，大大小小，圆圆的如同漂亮的眼睛，紧贴在水面上，似乎枕在那里还在朦胧而湿漉漉的睡梦当中。那座被莫奈不知道画了多少遍的日本太古桥就矗立在对面的柳枝摇曳中，和莫奈故居窗户和栏杆的颜色一样，也是翠绿色，在这里却格外和谐，有绿树和绿水的相互映衬，桥的绿色像是彼此身上亲密无间蹭上去的一样，那样亲切和快乐，那样浑然一体、妙自天成。

我看到过20世纪20年代晚年莫奈在池塘边和太古桥上的照片，对照眼前的池塘和太古桥，没什么变化，特别是没有添加一点儿别的东西。这是非常重要的，既然是故居，一切如旧，就是最好，也是最难保持的。在故居的保护方面，做新容易，持旧却难，但唯有持旧，才能够让我们在故居这样特定的环境中，感觉时光倒流、昔日重现，还能有和莫奈在这里邂逅的冲动和错觉。

池塘是莫奈晚年最爱流连的地方，这里的睡莲大概是莫奈用比他前妻还要多的模特，被莫奈不厌其烦地一遍遍地画。莫奈爱选择在不同时间坐在池塘边画睡莲，他会比我们所有人都更能感受到细微的光线的变化，而这些光线就是莫奈的另一支画笔和另一种色彩，帮助他画成了那一幅幅睡莲图。没有谁能够比莫奈更懂得睡莲的了，没有谁能够比莫奈画睡莲画得更好的了。只有站在这里，才会明白莫奈对睡莲的感情。我们古代画家讲究梅妻鹤子，即把梅花和仙鹤人化和圣化，当成了自己的妻子和孩子一般。莫奈其实也是把睡莲内化成他的生命，画睡莲则是他自己身心的一种外化。

记得莫奈的老师欧仁·布丹曾经这样教导过莫奈："当场直接画下来的任何东西，往往有一种你不可能在画室里找到的力量和用笔的生动性。"这个教导对莫奈很重要，一生受益。莫奈坚持室外写生，这里的池塘便是他的老师的化身。我们特别愿意把莫奈当成印象派的画家，以为他完全可以靠印象肆意去画，殊不知面对池塘和睡莲，他的写生是如此认真和持久。他并不完全凭仗印象，同时他相信室外写生时的力量和用笔的生动性。而这力量和生动性是池塘和睡莲给予他的，他才在大自然的万千变化中找到了艺术鬼斧神工的魅力，找到了属于他自己神性的睡莲。

环绕池塘走了一圈之后，我在想，人的一生真的是充满了偶然性，画家也不例外，如果没有这种满睡莲的池塘，莫奈可以到别处写生，也可以写生别的，但还会有那一幅幅让他声名大振的睡莲画吗？看莫奈的画，画得最多的，也是最好的，还得数睡莲。相同的睡莲，让他画出了千般仪态、万种风情，画出了心，画出了梦，画出了无数精灵，真的是哪个画家都赶不上的。

站在池塘边，想到在巴黎橘园里看到莫奈画的那环绕四面墙的巨幅睡莲，想到在纽约大都会博物馆看到莫奈画的占据了整面墙的长幅睡莲，能够感受到画上的每一朵睡莲都来自这里，这里的池塘成就了莫奈。莫奈与他的睡莲、这里的池塘，彼此辉映，成就了一个时代的辉煌。

能够造就一个时代的辉煌，在于理想，在于才华，但想想莫奈在吉维尼43年，直至离开这个世界，一直坚持画面前的睡莲，谁能够坚持这样漫长的岁月，谁都可能创造属于自己的时代的辉煌。

2009年5月记于巴黎

大理看花

在植物中，我崇敬微小的，因此，一直以为草比树好看，花比草好看。到了云南，在昆明看花，比在北京好看；到大理看花，又比在昆明好看。细琢磨一下，或许是有道理的。人靠衣服马靠鞍，花草虽小，却也是需要背景来衬托的。远离大自然，它们来到城市，不会像我们人一样挑挑拣拣，但是，城市的背景却会在有意无意间衬托出它们不同的风姿。说是一方水土养一方人，其实，也是一方水土养一方花。

老城昆明，除了翠湖一带还能依稀看到老模样，其他地方已被拆得七零八落。大理，毕竟还保留着古城，而且，四周有苍山洱海的衬托，上下关之间有白族老村落相连，乡间和自然的气息挡不住，同样的花，在这里便呈现出不一样的内容。所谓“花如解语还多事，石不能言最可人”。

车还没进大理古城，头一眼便看到城墙外有一家叫作“小小别馆”的小餐馆，墙头攀满三角梅，开得正艳。三角梅，在云南看得多了，但这一处却印象不同。餐馆是旧民居改建而成的，白族特有白墙灰瓦的衬托，三角梅不是栽成整齐的树，或是有意摆在那里做装饰，而是随意得很，像是这家的姑娘将长发随风一甩，便甩出了一道壮美的紫色瀑布，风情得很。

和老北京一样，大理古城以前是把花草种在自家院子里的，除了三角梅，种得更多的是大叶榕和缅桂花，缅桂花就是白玉兰，白族民歌唱道："缅桂花开哟十里香……"大叶榕是白族院子里的风水树，左右各植一株，分开红白两色之花，被称为夫妻花。如今，进了大理古城，中心大道复兴路两边的街道树都是樱树，显然是最近才种的，与大理不搭，或者说是混搭。大理市花是杜鹃，沿街种杜鹃才对。当然，看大理杜鹃，要到苍山，看那种雪线上的高山杜鹃，红的、粉的、白的、黄的，五彩缤纷，铺铺展展，漫山遍野，让大理有了最能代表自己性格和性情的花的背景。这大概是别的古城都没有的壮观景象。

如今，去大理古城，摩肩接踵，人满为患。其实，离大理古城不远，还有一座古城，叫喜洲，也隶属大理，去的人不多，还保留着难得的属于上一个世纪的古老和清幽。喜洲古镇没有大理古城大，却是大理商业的发祥地，可以说是先有的喜洲古镇，后有的大理古城。古丝绸之路兴起时，云南马帮号称有四大帮，其中之一便是喜洲帮。他们便是自遥远的南亚乃至中东，从喜洲进入大理，将最早的资本主义种子带进大理萌芽开花。

所以，大理最有钱的人，不在大理古城，而都出自喜洲；大理最气派而堂皇的白族院落，不在大理古城，而都在喜洲。当然，大理最漂亮而风情万种的花，也应该在喜洲。

喜洲古镇城北之外，有一座坐西朝东的院落。这是号称“喜洲八大家”之一杨家的老宅。喜洲还有四大家，是喜洲最有名、最富有的人家，八大家略逊一筹，因此，它被挤在城外，想是当年喜洲城盖房之热，和我们现在一样，商业带动房地产开发，城里没有了地皮，便扩城而延伸到城外。即便如此，杨家大院也非同一般，四重院落，前两院住人，第三院是马厩，最后一院是花园。可惜的是，后花园早被毁掉，现在栽种的都是后来补种的花卉，笔管条直，如同课堂里的小学生，缺少了点儿生气。

后花园院墙上有开阔的露台，爬上去，前可以眺望洱海，后可以眺望苍山，视野一下子开阔了。坐在露台上品普洱茶，忽然看见杨家院墙的一面墙，开满爆竹花。这种花朵硕大，像爆竹，被白族人称为爆竹花。这种花呈明黄色，在所有花中，颜色格外跳跃，十分艳丽。满满一面墙的爆竹花，在夕照的映衬下，像一列花车在嘹亮的铜管乐中开来，让整个院子都像燃烧了一样。这是我见到的最不遮掩、最奔放的花墙了。

离开喜洲古镇前，在一家很普通的小院的院墙前，看到爬满墙头的一丛丛淡紫色小花。叶子很密，花很小，如米粒，呈四瓣，暮霭四垂，如果不仔细看，很容易忽略。我问当地的一位白族小姑娘这叫什么花，她想了半天，说：“我不知道怎么说，用我们白族话的语音，叫作‘白竺’。”这个‘竺’字，是我写下的。她也不知道应该是哪个字更合适。不过，她告诉我，这种花虽小，却也是白族人院子里常常爱种的。白族人爱种的花，可真不少。小姑娘又告诉我，白族人的这个“白竺”，翻译成汉语，是“希望”的意思。这可真是一个吉祥的好花名。

2014年11月于大理

借书奇遇

曹大肚子的故事，始终镶嵌在我的青春纪念册里。

那是1971年的冬天，我记得非常清楚，那时候我在北大荒一个生产队的猪号里喂猪，有一天晚上，刮起了铺天盖地的“大烟炮儿”，那时，我刚刚吃完晚饭没一会儿，我所住的猪号烀猪食的饲养棚边的小屋的门被推开了，我的同学连桂丛一身雪花地出现在我的面前，他在场部的兽医站工作。从那里到我这里，走了整整18里的风雪之路。他是特意到队里来找我的，我以为出了什么事情，忙问他。

他却不理会我的问话，问我：“你知道我们那儿有一个叫曹大肚子的人吗？”

我摇摇头。

“那你快跟我走，咱们边走边说。”

我问他：“你吃饭了没有？”

他不容分说，匆忙地拉着我就走，连假都没来得及请。外边的雪下得正猛，我们两人冲进风雪中，白茫茫的一片，立刻就吞没了我们。

一路上，我才知道，他们兽医站有一个叫作曹大肚子的人，是钉马掌的，不知怎么听说了我。连桂丛告诉他，这个肖复兴是我的同学，而且，还告诉他我特别想看书，当时我把从北京带去的一箱子的书都翻烂了……只那么随便一聊。就在那天的晚上要下班的时候，曹大肚子对我的这个同学讲："你让你的那个同学肖复兴来找我！他不是爱看书吗？"

"你听听，他这口气，不小呢。我这不立马儿就跑来找你，不管他是真有书还是假有书，明天一清早，他来上班先看见你在兽医站等着他呢，先表明咱们心诚。"

连桂丛想得真周到，而且因为那时队上只有队部一部电话，别人根本不会为我跑到猪号那么老远去传电话，他只好跑那么远，顶着风雪来回36里的奔波，我心里翻起一阵热浪头。

虽然对这个曹大肚子心存疑惑，但也幻想着他备不住会藏龙卧虎，别错过了机缘而遗憾。我们两人急匆匆往兽医站赶。那时候，为了多看几本自己想看的书，可以如此顶风冒雪地跑上那么远的路，现在想想，真是奇迹，无论是现在还是以后，还能够出现这样的奇迹吗？

第二天一清早，雪住风停，曹大肚子出现在我们的面前，连桂丛向他介绍我的时候，我看出他有几分惊讶。没有想到风雪之中我们来得是如此神速。

第一印象，是很深刻的，当时，他中等个儿，很胖，穿着一身旧军装，挺着小山凸起的大肚子，双手背在身后，眼睛望着上面，似乎根本没有看我，有几分傲慢地问我：“你都想看什么书呀？写个书单子给我吧！”

我当时心想，莫非这家伙真是有藏书，还是倒驴不倒架摆这个派头？因为我知道他以前是我们老农场办公室的主任，当过志愿军，1958年10万专业官兵到北大荒的时候，从辽宁的沈阳军区来到了这里，“文化大革命”中被打成“走资派”批斗之后，发配到兽医站钉马掌。但他那口气似乎不容置疑，半信半疑之中，我写下三本书的书名。到现在我依然清晰地记得：一本是亚里士多德的《诗学》，一本是伊萨柯夫斯基的《论诗的“秘密”》，一本是艾青的《诗论》。说老实话，我心里是想为难他一下，别那么牛，这三本书当时就是在北京也不好找，别说在这荒凉的北大荒了。

谁想到，又是第二天一清早，他就把用报纸包着的三本书递到我手中，我打开一看，一本不差，还真的是这三本书。我对他不敢小看，不知水到底有多深。

在北大荒最后的两年，曹大肚子那里成了我的图书馆。但是，每一次借书，他都要我写个书单，他回家去找，这成了一个铁打不动的规矩。一般他都能够找到，如果找不到，他就替我找几本相似的书借给我。他从不邀请我到他家直接借书。我也理解，既然藏着这么多的书，他肯定不想让人知道，要知道那时候这些书都是属于“封资修”，谁想惹火烧身呀？况且，那时候，他正在倒霉，一顶“走资派”的“帽子”拿在群众的手里，什么时候想给他扣上就能够扣上。如果加上他借这样的书给我，一条罪状：腐蚀知识青年，就够他喝上一壶的了。我便和他一直保持着这样的借书关系，每一次都跟地下工作者在秘密交换情报似的。

我心里总是充满着好奇，这家伙到底藏着多少书？便蠢蠢欲动总想到他家里去看个究竟。这样的念头就像是皮球一次次被我压进水里，又一次次地浮出水面。

1974年的春天，我离开了北大荒，就在我离开之前的1973年秋天，我下决心不请自来到他家里去一探虚实。到现在也忘不了那个晚上，我刚刚推开他家的篱笆门，一条大黄狗汪汪叫着就扑了上来，吓得我连连后退，那大黄狗还是一步就蹿了上来，一口咬在我的右腿上，把我扑倒在地。曹大肚子两口子闻声跑了出来，一看是我，把狗唤住牵过去后忙问：“咬着没有？”幸亏我穿着毛裤，才没咬伤我的肉。不过，外面的裤子和里面的毛裤都被咬了个大口子。曹大肚子只好无可奈何地把我迎进门。门旁站着一个胖乎乎的小姑娘，就是曹大肚子的闺女了。

一进屋，我就四下打量，一间屋子半间炕，几把破椅子，一个长条柜，那些书都藏在哪里呢？莫非就像安徒生的童话故事里，伸手即来，撒手即去吗？曹大肚子的老婆让我脱下裤子，好用缝纫机帮我把那大口子缝上，曹大肚子把我请上热炕，给我倒了一杯热水，他那个小闺女一直在一旁好奇地望着我。我的心还在他的那些藏书上面呢，根本没有怎么注意他们这一家三口。我开始怀疑那个大长条柜，会不会把书藏在那里面？就像阿里巴巴的那个宝洞，只要我喊一声“芝麻芝麻开门”，就能够向我敞开里面的秘密？

曹大肚子知道我到他家来的目的，只是我竟然闯到他家里，让他没有料到。他还是像平常那样不动声色，递给我一张纸和一支笔，依然是老规矩，让我先写书名，然后拿起我写的书单，没有任何表情地说了一句：“我帮你找找看。”看来我被他家狗咬的惊险举动，根本没有感动他。

那次，我写的是我国作家陈登科的《风雷》、苏联作家费定的《城与年》等几本书。他让我等等，自己一个人走出了屋。他老婆在里屋踩着缝纫机替我补被狗咬破的裤子，一时没注意我，缝纫机的声音很响，像是怦怦的心跳声。我犹豫了一下，还是穿着一条秋裤，悄悄地跟着他走出了屋，只见他走进他家屋旁的一间小偏厦，那是一般家里放杂物和蔬菜的仓库。门很矮，他凸起的大肚子很碍事，弯腰走进去有些艰难。看他走进去了半天，我在犹豫是不是也跟着进去。

为什么要揭开他的秘密呢？干吗不让它就像童话一样保留在他的心中，也保留在我的心中呢？况且，那条大黄狗正吐着舌头，蹲在偏厦门口不远的地方，凶狠地望着我，真怕我一走过去它就向我扑过来。但那时候我还年轻，到底忍不住好奇心的诱惑，豁出去了。我走了过去，一边走一边胆战心惊地望着那狗，还好，它没叫唤，也没扑过来。

走进偏厦一看，好家伙，满满一地都是用木板钉的箱子，足足十几个，里面装的都是书。那一刻，我真的有些震惊，想不到一个老北大荒人，在那样偏僻的地方，居然能够拥有这么多的书，而且把这么多的书藏了下来。我心里暗想，这得花多少工夫、精力和财力才能够做到啊。

曹大肚子正俯着身子，聚精会神地替我找书。我站在他的身后好久，他居然没有发现。门敞开着，风吹进来，吹得马灯的灯芯也和他一样躬着身子，和他胖胖的弯腰的影子一起映在墙壁上，很像一幅油画。那条大黄狗已经悄悄地走到了偏厦门口，翘起尾巴蹲在那里，我们都没有发现。

这时候，他回过头来，看见了我，先是惊讶地眉毛一挑，然后是嘿嘿一笑，我也跟着他嘿嘿一笑，我们的笑都有些尴尬。那一刻，我到现在还清晰地记得，他正从箱子里拿出一本陈登科的《风雷》。

从此，他家对我门户开放。在以后的日子里，我曾经写过一本小说，叫作《北大荒奇遇》，有人曾经问过我：北大荒真的发生过什么奇遇吗？现在想想，如果说，我在北大荒真有什么奇遇的话，到曹大肚子家去探宝，该算是一桩吧。

可惜这样的好日子不长，第二年的春天，我就离开了北大荒。离开大兴岛前，曹大肚子请我到他家吃了一顿晚饭，非常奇怪的是，他老婆炒的别的菜，我都记不得了，唯独曹大肚子拌的一盘糖拌西红柿，我总也忘不了。盘腿坐在他家炕上吃饭的时候，太阳还没有完全落山，夕阳辉映在他家的窗户上那猩红的影子，总好像就在眼前闪动一样。现在，只要一想起那天他请我吃饭，我想起的就是那盘糖拌西红柿，就是那窗户上夕阳那猩红的影子。

我非常感谢他和他的那些书，在那些充满寂寞也充满书荒的日子里，他家的那些书奇迹般地出现，让我感到荒凉的北大荒神奇的一面，也让我感到处江湖之远的民间力量，让我对这片土地不敢小视、不敢怠慢、不敢轻薄，让那些日子有了丰富而温暖的回声。无论什么时候，只要在心里轻轻地呼唤一下，就能够响起那遥远的共鸣。

读书是需要季节的，需要环境的，风声雨声和读书声交织在一起，才能让读书有了生命。而我的读书近乎传奇的色彩，更夹杂着一个逝去的时代抹不去的浓重影子。

1997年7月写于北京

颠簸的记忆

没错，那一年，我9岁。我记得很清楚，那时，我正上小学二年级，火车第一次驶进我的生命里，是那一年的暑假，我坐火车去包头看姐姐。虽然那时我家住在前门外，紧靠着老的前门火车站，成天看见火车拉响着汽笛跑来跑去，但我还没坐过火车。由于姐姐就在铁路局工作，我对火车充满感情。因为那火车可以带我去看姐姐，就对火车更充满向往。

几乎天天我都吵着要去看姐姐。姐姐已经离开北京4年了，她在包头结了婚，有了孩子。我觉得那时我最想的就是姐姐。当然，姐姐也想我，她对爸爸说，就让复兴来吧，上车托付给列车员应该没问题。爸爸觉得还是有问题。怎么那么巧，我们大院里有一个大姐姐那一年暑假刚刚从幼儿师范学校毕业，想在工作之前去呼和浩特看望她的哥哥。爸爸把我托付给了她。我很愿意和她一起，因为她长得很漂亮，还会拉手风琴、唱歌。平常我们小孩子玩的时候，我总是希望她能够也来和我们一起玩，只是她总是很忙，即使不忙，她也总是很高傲高贵的样子，不大瞧得起我们小孩子。现在，她终于和我一起坐火车了，要坐整整一夜外带半个白天的火车。

我们一起坐上了火车，是硬座，那时的硬座是真正的硬座，光光的木板，一片一片地拼起来，黄色的漆很亮。车开了，能看到火车头喷出的白烟，袅袅地飘荡在我们的窗前。一切显得是那么新鲜。我们上了车没多久天就黑了，当车窗外扑闪而过的灯光如流萤和过山洞幽深莫测的新奇过去之后，我糊里糊涂地睡着了，一觉醒来发现自己的头倒在她的怀里。车厢微醺似的晃动着，她也睡着了，能够感觉到她均匀的呼吸像河面上冒出的温馨的气泡，一起一伏。那时，我特别幸福，因为这在平常的日子里是根本不敢想象的事情。大概我的醒来惊动了她，她睁开了眼睛，我马上有些不好意思起来，她却伸过一只胳膊搂住我的肩膀轻轻地说了句："就这么躺着别动，睡吧！"

第二天天亮的时候，我醒了，发现还躺在她的怀里。她拍拍我的头说："醒了，快吃点儿东西！"可是，我吃了她准备好的东西就开始吐。夜里睡觉不觉得什么，醒来后晕车的感觉潮水似的一阵阵袭来，让我把吃的东西全部都吐出来还不解气，只觉得自己如此狼狈的样子在她的面前没有了一点儿面子。她开始慌乱起来，给我捶背，给我倒水。列车员也来了，帮助打扫，一直忙到呼和浩特就要到了。火车缓缓进站的时候，她再一次嘱咐列车员，嘱咐我，然后提着行李向车门走去。她下车后还特意走到车窗前再次嘱咐我，因为还有三四个小时我才能够到达包头，而这三四个小时只剩下我孤零零的一个人了。

我已经忘记了那三四个小时是怎么度过的了，没有了大姐姐陪伴的火车旅程只剩下了眩晕的感觉。一个9岁的孩子，就这样完成了独闯京包线的壮举。

以后，京包线成了我许多个假期的必走之路，那几次不同时刻的列车对我来说越来越不陌生，而晕车随童年的逝去而逝去了，代之在心中清晰记住的是那沿途每一个站的站名，哪怕只是柴沟堡、卓资山、察素齐、土贵乌拉这样的小站名。随着姐姐在京包线上的迁徙，我跑遍了临河、集宁和呼和浩特，沿线播撒种子似的，火车帮我收藏着对姐姐的思念。一直到“文化大革命”爆发，我就是到呼和浩特和姐姐告别，然后去了北大荒。

那一列北上的列车，终点遥远得比塞外的姐姐那里还要遥远，载走我整整6年的青春时光。去的时候，还没有显得远，而每一次从那里回来总觉得天远地远，好像路没有了尽头。

那时，每一次回家，都先要坐上一个白天的汽车到达一个叫作福利屯的小火车站，然后坐上一天蜗牛一样的慢车才能到佳木斯，在那里换乘到达哈尔滨的慢车，再到哈尔滨换乘到达北京的快车。一切顺利的话，起码也要三天三夜才能够回到家。路远时间长都在其次，关键是很多时候根本买不到票，而探亲假和兜里的钱都是有数的，不允许我在外面耽搁，因为多耽搁一天就多了一天的花销少了一天的假期。那是我最着急的时候了。

那一年的夏天，我和一个哈尔滨的知青一起回家，在佳木斯买不到火车票，我焦急万分，他对我说：“你别急，我有法子。”他是一个大个头的小伙子，以打架出名，我怕他惹事。他一摆手：“你放心，这地方我比你熟！”说着拉着我从火车站的售票处走出了老远，一直走到铁轨交叉纵横的地方，货车、列车和破车杂陈，像是一个停车场。见我有些疑惑，他说：“你跟我走保你今天走成！我前年在佳木斯干了整整一冬，给咱们兵团运木头，这地方我贼熟！别说买不着火车票，就是买得着火车票我也不买，就从这里上车，乖乖儿拉咱回家！”然后他带我穿过那些杂七杂八的车厢，看准了车牌子上写着“佳木斯—哈尔滨”的一挂车，指指车牌子对我说：“上，就这辆！”上了空荡荡的车厢，他告诉我自己对这里轻车熟路，要不是今天跟着我非要规规矩矩买票，他早就奔这儿来了。

那车要在黄昏的时候才能够进站开车。我们俩在车里面一个人占一排长椅子整整眯了一觉，直到车厢轻轻一晃动才醒来。这时候，列车员走了过来，横横地冲我们喊道：“谁让你们上来的？”他立刻也横横地回嘴道：“列车长！”列车员便也不再说什么，没再理我们。而当列车长走过来的时候，我有些紧张，生怕问完我们再和列车员对质穿了帮，但列车长根本连问都没问，只是看了看我们就走了。一直到列车开进了站台，我们还真的相安无事。他跳下车，在站台的小卖部买了点儿面包跑回来说：“现在你该踏实了吧？吃吧，吃饱了睡上一觉，明早上就到哈尔滨了！”后来，他告诉我他这样如法炮制坐过好几次车都没问题。我问他为什么有这样大的把握，他说：“你告诉列车员是列车长让咱们上的车，列车员不说什么了，列车长来了一看你都在那儿坐老半天了，肯定是列车员允许了，还问什么？再说了，他们谁家里没有插队的知青？一看咱俩这一身打扮还看不出来是知青，还跟咱较劲儿？”

在那些路远天长的日子里，火车没有给我留下任何好印象。在无边的北大荒的荒草甸子里，想家、回家，成了心头常常想起的主旋律，渴望见到绿色的车厢又怕见到绿色的车厢，成了那时的一种说不出的痛。因为只要一见到那绿色的车厢，对于我来说家就等于近在咫尺了，即使路途再遥远，它马上可以拉我回家了；而一想到探亲假总是有数的，再好的节目总是要收尾的，还得坐上它再回到北大荒去，心里对那绿色的车厢总有一种畏惧的感觉，以至后来只要一见到甚至一想到那绿色的车厢，头就疼。

也许，人就容易好了伤疤忘了疼，时过境迁之后，过去的日子现在想起来也有几分回味，毕竟那都是童年和青春时节的记忆，即使是痛苦的，也是美好的。

记得在北大荒插队6年之后我回到了北京，再也不用坐那旅途遥远得几乎到了天尽头的火车了，心里有一种暗暗的庆幸。但是，有一次朋友借我一本《巴乌斯托夫斯基选集》，又让我禁不住想起了火车，才发现火车并不像我想象的那样可恶。那里面有一篇《雨蒙蒙的黎明》的小说，讲的是一个叫作库兹明的少校，在战后回家的途中给自己的一个战友的妻子送一封平安家书。库兹明在那个雨蒙蒙的黎明对战友的妻子讲述了自己乘坐火车时那瞬间的感受。即使读这篇小说过去了已经快30年了，我记得还是那样清楚，他说："您有时大约也会遇到这类情形的。隔着火车车窗，您会忽然看到白桦树林里的一片空地，秋天的游丝迎着太阳白闪闪地放光，于是你就想半路跳下火车，在这片空地上留下来。可是火车一直不停地走过去了。您把身子探出窗外朝后瞧，你看见那些密林、草地、马群和林中小路都一一倒退开去，您听到一片含混不清的微响，是什么东西在响——不明白。也许，是森林，也许，是空气，或者是电线的嗡嗡声，也或者是列车走过，碰得铁轨响。转瞬间就这样一闪而过，可是您一生都会记得这情景。"

巴乌斯托夫斯基的感受如箭一样击中了我的心，在那6年中每次从北大荒回家的迢迢途中，隔着火车车窗望着窗外的东北原野、森林以及松花江，无论是在冬天的白雪茫茫或是在春天的回黄转绿之中，不也有过类似的情景吗？那曾经美好的一切并不因为我们的痛苦就不存在，就如同痛苦刻进我们生命的年轮里一样，那些转瞬即逝的美好也刻进我们生命的回忆里，在以后的岁月里响起了虽不嘹亮却难忘的回声。

去年，我听美国摇滚老歌手汤姆·威兹的老歌，其中一首《火车之歌》，听得让我心里一动，不是滋味。他用他那苍老而浑厚的声音这样唱道："我喝光了我每次借来的所有的钱……现在夜晚的黑色就像乌鸦，一辆火车要带我离开这里，却不能再带我回家。那些使我梦想成空的东西，正在火车站彷徨。我从10万英里远以外的地方来，没有带一样东西给你看……”他唱得是那样凄婉苍凉，火车真的是这样吗？不是带你去哪怕再遥远也能够回到的温馨的家，就是让你双手空空而无家可归？想想，在那些从北大荒回家或从家回北大荒的火车上，我们的心情不正如同汤姆·威兹唱的一样颓然而凄迷？

火车带给我的回忆，也许就是汤姆·威兹和巴乌斯托夫斯基的矛盾体。

火车颠簸着一代人抹不去的记忆。

2002年7月4日于北京